ROUBA, BRASIL

ROUBA, BRASIL

Mensalão, Petrolão, Dilmão, o 7 x 1
e outros escândalos nas crônicas de

Agamenon Mendes Pedreira

Diretor editorial
Paulo Tadeu

Projeto gráfico e capa
Alexandre Santiago

Revisão
Adriana Wrege

Fotos
Pág. 15 – Jaguar PS, pág. 26 – David Fowler, pág. 57 – Featureflash,
pág. 76 – Filipe Frazao, pág. 87 – pichitchai, pág. 94 – A. Ricardo,
pág. 159 – Stefano Ember, pág. 161 – AFNR , pág. 165 – Ilia Torlin / todas Shutterstock.com
Pág. 17 – Joca Duarte / Divulgação

CIP-BRASIL. CATALOGAÇÃO NA PUBLICAÇÃO
SINDICATO NACIONAL DOS EDITORES DE LIVROS, RJ

Pedreira, Agamenon Mendes
Rouba, Brasil! / Agamenon Mendes Pedreira. - 1. ed. - São Paulo:
Matrix, 2015.
176 p.: il.; 23 cm.

ISBN 978-85-8230-217-0

1. Crônica brasileira. 2. Brasil - Política e governo - Humor, sátira, etc.
I. Título.

15-26190 CDD: 869.98
CDU: 821.134.3(81)-8

Aos meus 17 leitores e meio (não se esqueça do anão).

PREFÁCIO

TESTEMUNHA OCULAR DA HISTÓRIA

Agamenon Mendes Pedreira não é o Repórter Esso – até porque sempre esteve mais para Repórter Isso (e aquilo e aquilo outro...). Mas não restam dúvidas de que o velho homem de imprensa é privilegiada testemunha ocular da história. Agamenon, aliás, viu tanto que, dizem as más línguas, desenvolveu um terceiro olho – embora o dele não fique exatamente na testa.... E o que esse decano das letras escritas, faladas, televisionadas e tuitadas enxergou com um, dois ou três olhos? Viu o festival de piadas prontas que assola o país, e que seriam engraçadíssimas não fossem antes trágicas; viu o *freak show* de incompetência, roubalheira, descaminhos e desmandos que, ao longo do último quarto de século, tornou-se tão frequente que aqueles narizes de palhaço, antes usados apenas em protestos de rua, passaram a ser parte integrante da anatomia dos brasileiros. Como o terceiro olho de Agamenon.

Sim, são 25 anos de militância ativa (e passiva) porque Agamenon entrou em ação em 1988. Conviveu, portanto, e intimamente, com os presidentes Cheirando Collor de Mello, Devagar Franco e Fumando Henrique Pomposo. Dizem também, embora não haja provas digitais, que foi ele quem completou a trilogia iniciada com *Marimbondos de Fogo*, de José Sir Ney, redigindo com o brilhantismo que lhe é peculiar *Marimbondos de Porre* e *Marimbundas de Ressaca*. Mas o fato é que, embora laborfóbico, Agamenon jamais trabalhou tanto quanto depois da ascensão ao poder de Luiz Mensalácio Lula Molusco da Silva, em 2003.

Afinal, o "homem que não sabia demais" e seu braço esquerdo, Josef Dirceu, bem como a sucessora de ambos, Dilma Roskoff, forneceram a Agamenon recursos mais ricos, profundos e doces do que o pré-sal. Sem falar, é claro, no grande elenco que entrou em cena com a supracitada troika. Nem Marx – Groucho, é lógico –, seria capaz de criar personagens tão inacreditáveis, como Antonio Pallhocci, Fernando Pimentiu, Eunãodisse Silva (ex-chefe da Casa da Mãe Joana Civil), o ministro Lewandowski Algum Por Fora e O Que É Isso Tesoureiro Derroubio Soares, dentre outras criaturas mais ou menos infames. Sem sair de seu Dodge Dart 73, Mendes Pedreira tornou-se o autobiógrafo não autorizado de todos eles.

Mas se esse de fato é o país da piada pronta, por que Agamenon não está desempregado? Porque, como se estivessem dispostos a viver voluntariamente numa espécie de Venezuela de calças curtas, muitos dos humoristas de plantão aderiram ao regime. E desde o primeiro dia. Alguns até cometeram subsídio sem ganhar verbas extras: foi por pura convicção mesmo. Humor a favor? Ora, faça-me o favor, diria Agamenon, com um muxoxo. Não que o velho homem de imprensa não seja um adesista de primeira hora: quem o conhece sabe que ele está sempre pronto a apoiar, bastando que lhe deem um pequeno sinal (de preferência em sua conta corrente). Mas acontece que Agamenon sofre de incontinência verbal e sua franqueza constrangedora levou-o a lançar essa nova versão da *História Sincera da República*. Deveras sincera, aliás... Mendes Pedreira até pensou em plagiar outro título: *História do Brasil pelo método confuso*, de Mendes Fradique. Mas não pode, pois nessas crônicas não há confusão alguma. Pelo contrário, elas são de uma clareza clarividente.

Está tudo aqui, como diz o título: Mensalão, Petrolão, Lava Jato e, é claro, até os 7 x 1, o placar que parece 171, mas foi real – e duro como outrora o bilau do Agá. Vendo (e lendo) em retrospectiva essas crônicas de uma morte anunciada, não parece possível que tenhamos vivido tudo isso e sobrevivido. Aliás, é possível que não tenhamos. Pois se Hubert Aranha e Marcelo Madureira são pais, filhos e o Espírito Santo por trás (...) do radicalismo crônico das crônicas de Agamenon Mendes Pedreira, talvez eles tenham nos ressuscitado com um mero toque de mão – ou de dedo. E a gente nem tenha percebido que morreu e agora retornou das luzes de volta às trevas.

Demiurgos ou não, o fato é que tanto os criadores Aranha e Madureira quanto sua criatura Agamenon são genuínos herdeiros de Angelo Agostini (1843-1910), o nanquim mais letal do Império, de Stalin Lau, ops, Stanislaw Ponte Preta (1923-1968) e do Barão de Itararé (1895--1971), resgatando, primeiro em *O Globo* (veja só, *O Globo*) e agora em seu blog, o espírito de *O Malho*, de *A Manha*, do *Don Quixote*, da *Fon-Fon*, do *Pasquim*. Humorismo de pau puro – o que, aliás, sempre atraiu a patroa de Agamenon, a escrava Isaura.

Desde que denunciaram, em 1992, que os "deputados comprados vieram com defeito" ("Também, quem mandou comprar deputado do Acre?") e sugeriram que nossos eméritos parlamentes passassem a se chamar de "Vossa Excrescência", esses caras do Casseta & Planeta viraram meus historiadores favoritos. No futuro – ou seja, a partir de amanhã –, as crônicas que você agora tem em mãos se revelarão o mais fiel retrato dessa terra em transe (onde o trânsito e os trâmites são péssimos). Nem os livros didáticos produzidos e distribuídos pelo atual regime são mais reveladores.

Mas lembre-se: este livro não tem a menor graça. Pelo contrário, é pura desgraça. Afinal, pimenta no terceiro olho não é refresco nem pra fresco. Até porque isto aqui não é um afresco: é um quadro a óleo e alho, petróleo e lama, que só pode ser repintado com lava-jato e lança-chamas. E com um arsenal de trocadalhos do carilho, palavras de baixo calão, expressões de duplo sentido, vilanias, torpezas e outras baixarias. Agamenon Mendes Pedreira dispõe de tudo isso, é claro. Mas, infelizmente, ainda não foi capaz de criar a lendária *killing joke*. Uma pena, pois, de fato, tem muita gente por aí que merecia ser atingida em cheio pela piada mortal como se fosse bala perdida.

EDUARDO BUENO

Eduardo Bueno, o Peninha, é ex-jornalista, ex-toriador, ex-critor e, claro, Ex-traordinário.

O QUE É ISSO, TESOUREIRO?

O povo brasileiro está indignado com mais essa roubalheira para a qual não foi convidado. É um absurdo que deputados tenham sido comprados por 30 mil reais! Trinta mil reais é muito dinheiro! Deputado não vale isso tudo, aliás, não vale nada. Para dar uma satisfação à opinião pública, o presidente Luís Mensalácio Lula da Silva avisou que não vai tolerar a pouca vergonha e a roubalheira no seu governo. Em pronunciamento de improviso, Lula afirmou que vai cortar na própria carne: no domingão da Granja do Torto só vai ter pelada e aperitivo, não vai ter churrasco. Segundo alguns psiquiatras especializados em doenças mentais, o problema dos líderes do PT é que eles vivem no mundo da Lula.

Essa maracutaia toda prova que o PT não é mais o bom e velho partido socialista de antigamente. Na verdade, o PT resolveu sair do armário e assumir que é um partido de direita, a favor do capitalismo neoliberal globalizante, da livre iniciativa e do livre comércio de parlamentares. E agora que vai começar a CPI, estou me dirigindo para Brasília no meu Dodge Dart 73 enferrujado. A partir de amanhã, estarei estacionado na porta do Congresso Nacional. No meio desse tsunami, quero ver se respinga algum na minha conta bancária.

FIGURAÇA DO MENSALÃO

Derroubio Soares – O trambiqueiro, quer dizer, o tesoureiro do PT, por conta de suas maracutaias, já está sendo considerado o PT Farias do Lula. Homem das sombras, soturno e misterioso, Delábio também frequentava o famoso apartamento de Josef Dirceu, onde também moravam o Palocci e o cantor Latino. Aliás, foi inspirado no movimentado aparelho petista que Latino compôs o mega hit "Festa no PT". O legendário imóvel era uma espécie de "Balança mas Não Cai" da esquerda. Todos os dias entravam e saíam do cafofo de Dirceu centenas de deputados, senadores, diretores de estatais e outros contraventores. Os vizinhos se queixavam do barulho e da roubalheira que rolavam até altas horas da noite. Em entreguista coletiva, Derroubio jurou que o partido nunca comprou um deputado. O PT é um partido moderno, prefere fazer *leasing*.

A CPI dos Correios já descobriu que no Ministério da Pesca tem um monte de truta.

Agamenon Mendes Pedreira acha que um Mensalão lava o outro.
12/6/2005

BRASÍLIA DE DIRCEU

Continuo aqui, no meu Dodge Dart 73 enferrujado, que fica estacionado na porta do Congresso pra ver se cai algum dindim na minha mão. Como diria o cantor sertanejo Sérgio Reis, "esse governo tem sujeira, respinga ni mim!, respinga ni mim!".

Com a queda espetacular de Josef Dirceu, o presidente Luís Inércio Lula da Silva, que já não tinha um dedo, agora perdeu o seu braço direito. Todos os cientistas políticos da GloboNews garantiram que Zé Dirceu era a eminência parda, quer dizer, a eminência afrodescendente do governo. Mas o Zé não é nada disso, era muito pior!

Conheço Josef Dirceu desde os tempos do movimento estudantil. Dirceu era um gênio precoce da ejaculação política. Com seus discursos inflamados, Dirceu incendiava as massas na porta do Famiglia Mancini, do Gigetto e do Jardim de Napoli em São Paulo. Eu também estava engajado na luta política e tinha sociedade com o Zé Dirceu numa banquinha que falsificava carteirinhas da UNE. Perseguidos pela ditadura e pelo rapa, fomos presos pela repressão. Quando o Gabeira sequestrou o embaixador americano, acabamos sendo trocados por uma figurinha do Golias que completaria o álbum Perdidos no Espaço.

Cansados da ditadura opressiva e sanguinária no Brasil, resolvemos nos mandar para Cuba. Lá, pelo menos, a polícia estava do nosso lado. Hóspedes de Fidel Castro, Josef Dirceu e eu fomos treinados pelo regime castrense: ele pra ser um espião e eu pra ser cafetão no Malecón. Mais tarde, Dirceu voltou ao Brasil depois de fazer uma operação plástica. Ele ficou a cara do Costinha para não chamar atenção da polícia. Depois de passar anos escondido no interior de uma mulher dentro do Paraná, Dirceu abandonou a família e resolveu sair do armário, assumindo definitivamente a sua condição de petista ativo. E passivo também.

Apesar de Brasília não ter praia, nas feiras da Capital Federal é abundante a oferta de furtos do mar. Do Mar de Lama, é claro. Só não se recomenda o consumo de Lula, porque anda meio estragado.

FIGURAÇA DO MENSALÃO

Rouberto Jefferson – Paralamentar e cantor lírico, o deputado Rouberto Jefferson está espalhando o tenor em Brasília. O melômano e megalômano político do PTB (Partido Tenor de Banheiro) é cantor de opereta, mas também gosta de botar a boca no trombone. Na semana passada, exibiu talento e afinação musical cantando as suas árias de ópera preferidas: O Rouboletto, O Tesoureiro de Sevilha, La Trambicatta, Traíra de Verdi e a Flauta de Decoro Mágica de Mozart. Por suas habilidades histriônicas e canastrônicas, Rouberto está sendo considerado pela crítica especializada um ator de mão cheia (de dinheiro) e de muitos recursos (todos vieram do Banco do Brasil e do Banco Rural). Pela sua *performance* na última terça-feira, Rouberto Chefferson deverá ser indiciado para o Oscar de Melhor Delator Dramático. O que ninguém sabe é que Rouberto Jefferson está preparando mais um depoimento-bomba na CPI e prometeu roubar a cena. Roubar a cena e depois dividir com os seus colegas de partido.

18/6/2005

HABEAS ROUBUS

Esse governo do Lula parece o filme *Titanic*: foi um sucesso de bilheteria, mas agora está afundando. Só mesmo a religiosidade obtusa de nossa gente pode explicar esse raro fenômeno político-criminal que vivemos atualmente. A cultura brasileira é cheia de crendices, mitos e superstições. O nosso bom povo humilde, ingênuo e otário acredita no Saci-Pererê, na Mula Sem Cabeça, no Curupira e acha que o Lula não tem nada a ver com essas maracutaias todas.

Brizola tinha razão: o meu erro foi não ter entrado pro PT. Se eu fosse do PT, hoje não estaria morando num Dodge 73 enferrujado, que, ultimamente, fica estacionado na porta do Congresso Nacional. Se eu fosse do PT, hoje em dia eu residiria nababescamente num Land Rover importado que ficaria estacionado na porta dos Correios.

Como o presidente Luís Inércio Lula da Silva esclareceu na sua entrevista-caô em Paris, o problema do PT é que, depois da eleição, os seus melhores quadros de corruptos tiveram que sair do partido e ir pro governo. Por causa disso, as jogadas do PT ficaram na mão de amadores despreparados. Daslumbrados com o poder, os emergentes petistas saíram detonando no cartão de crédito. A única coisa de esquerda que sobrou no PT foi a contabilidade, que está no vermelho.

As pesquisas de propinião pública indicam que muitos brasileiros ainda acreditam na inocência do presidente Luís Mensalácio Lula da Silva.

FIGURAÇA DO MENSALÃO

Luís Mensalácio Lula da Silva – Nunca na história da República o Brasil teve um presidente tão otariano! Será que o presidente sabia de tudo? Mas é claro que o Lula nunca soube nada: ele mal completou o primário! E por falar em primário, como são primários esses companheiros do presidente. Além dos atentados aos cofres públicos, à ética, à moral e aos bons costumes, os líderes do PT cometem verdadeiros atentados à gramática. A única concordância que se conhece no PT é a verbal: Delúbio concorda com Valério, que concorda com Silvinho, que concorda com o Lula sobre a verba. E tem mais: Lula prometeu ir ao *Fantástico* acompanhado do Mister M para mostrar como é que a grana do Mensalão desapareceu. Quem está satisfeito com essa confusão toda é o Paulo Maluf. Depois que apareceram os escândalos de esquerda do PT, todos os seus processos foram transferidos para o Tribunal de Pequenas Causas. Alheio a tudo e a todos, Lula está comemorando a sua popularidade nas pesquisas e vai lançar mais um programa social de alto impacto: o PPT, Parceria Público-Trambiqueira que pretende transferir as verbas do Rio São Francisco e acabar com o drama da seca nos cofres do PT.

O crime e o cheque do Banco Rural compensam.
DERROUBIO SOARES

24/7/2005

QUEM É JOSEF DIRCEU?

Ao contrário do que acontece com meu bilau e com a taxa de juros, que nunca caem, Josef Dirceu caiu! O ex-todo-foderoso homem de Lula agora amarga um doloroso ostracismo político. Mas a pergunta que não quer calar é: quem é Josef Dirceu, o homem, o líder, o minto?

Josef Vassarianovitch Djugashvili Dirceu nasceu em Passa-de-Quatro, cidade típica mineira, onde já era conhecido como Menino Maluquinho. Politizado desde a mais tenra infância, ainda criança já se indignava com a desigualdade social na escola: enquanto os meninos ricos levavam pão de queijo para a merenda, o pequeno Dirceuzinho tinha apenas uma mísera paçoca para comer no recreio. E a mesma paçoca tinha que durar o ano inteiro. Nas peladas de rua, só jogava na ponta esquerda.

Indignado com os zeros que carregava no boletim, criou o seu primeiro grupo esquerdista, a VPR, Vanguarda Pré-Primária Revolucionária, que sequestrou a professora e expropriou os doces da cantina da escola. Zé Dirceu acabou expulso da cidade por conta das suas travessuras e do seu sotaque carregado.

Em São Paulo, Dirceu resolveu estudar Direito, que logo trocou pelo Esquerdo. Para não ter que estudar, virou líder estudantil, e, com seus discursos inflamados e coquetéis Molotov, incendiava as massas. Com o enrijecimento da ditadura, Dirceu teve que entrar na clandestinidade. Entrou na Clandestinidade e várias outras companheiras de militância, inclusive, acreditem, na ministra Dilma Roskoff, que naquela época ainda gostava de poder.

Dirceu também organizou o Congresso secretíssimo da UNE em Ibiúna, no sítio do Fernando Henrique Cardoso, o que é considerado a primeira invasão do MST da história. O Congresso só não deu certo porque no primeiro dia Zé foi à padaria comprar 3.000 sanduíches de mortadela, o que despertou o apetite e a curiosidade das gulosas forças da repressão. Anos mais tarde, essa piada foi roubada pelo humorista imperialista norte-americano Woody Allen, que a colocou, na mão grande, no seu filme "Bananas".

Preso pela ditadura, José Perdeu acabou sendo trocado pelo embaixador americano Ronald McDonald e um boneco Mug que pertencia ao Chico Buraque de Hollanda. Foi o deputado Fumando Gabeira quem resgatou Zé Dirceu das garras dos militares. Juntos, os dois fugiram para a Jamaica, onde deram início à reforma agrária na terra de Bob Marley, fumando milhares de hectares de maconha. Um dia, Zé Dirceu resolveu ir pra Cuba comprar seda para apertar um baseado e nunca mais voltou.

Em Cuba, Zé conheceu o seu ídolo máximo: Fidel Mastro. Rapidamente se tornaram amigos inseparáveis: Fidel era o cumandante e Dirceu era o pau mandado. Formado em guerrilha na Universidade de Havana, Dirceu criou um novo grupo revolucionário, o Buena Bosta Social Club. Em seguida, para voltar ao Brasil clandestino, fez uma operação plástica e uma lipoaspiração. A lipo ele só fez porque estava se achando muito gordo. Com a sua nova identidade de Sylmara, Dirceu se escondeu numa pequena cidade do interior do Paraná. Para não despertar suspeitas naquela pequena e conservadora comunidade interiorana, assumiu um relacionamento lésbico e gravou um disco como cantora eclética de MPB.

Com a final da ditadura, Sylmara, quer dizer, Zé Dirceu, exausto de fazer sexo sem usar o seu bilau, revelou para a patroa sua identidade secreta e voltou para a política, em que arrumou um emprego de presidente do PT. Foi aí que o Zé Dirceu cometeu o seu maior erro político: pagou com um cheque sem fundos do Delúbio Soares a renovação da assinatura de *Veja*. A partir daí, a revista semanal passou a persegui-lo implacavelmente, levando Zé Dirceu à cassação pelo SPC e pela *Serasa*.

Assim como o Zé Desceu, esse veado também foi caçado por razões inteiramente políticas. É a Lei da Selva: cassou, tem que comer!

Agamenon Mendes Pedreira é autobiógrafo não autorizado de Josef Dirceu.
4/12/2005

HOJE É FESTA LÁ NO MEU PETÊ!

Infelizmente, não sou intelectual como a Letícia Sabatella. Por isso mesmo, fui obrigado a penetrar no encontro dos Intelectuais Babadores de Ovo da Esquerda (muito embora alguns babem o da Direita também), no magnífico apartamento do ministro da Cultura Esperto Gil. Como sou mestre nos disfarces, tratei de me camuflar de pastinha de ricota, que, assim como várias atrizes presentes, seria comida mais tarde. Felizmente, as pastinhas de ricota já não fazem o mesmo sucesso de antigamente e, assim, escapei ileso de ser devorado por algum artista ou intelectual faminto de verbas.

Quando Lula chegou, foi baba-ovacionado por uma salva de palmas e pedidos de patrocínio. Extasiados com a presença do maior estadista latino-americano de todos os tempos (depois do Chaves e do Evo Morales, é claro), todos se prostraram de quatro. Lula, então, subiu num banco para fazer o seu discurso. O banco era o Banco Rural. Por causa de sua pequena estatura política, Lula ainda teve que subir numa caixa para ser visto por todos. A Caixa 2. Em seguida, Lula tomou cinco uísques, só então ficou alto o suficiente para discursar.

No meio do blá-blá-blá, o ator e gaúcho enrustido José Mané de Abreu, emocionado, não se conteve e pediu um viva para três Josés: José Ingenoíno, Josef Dirceu e José Mentor. Mas peraí: o Mentor não era o Dirceu? Enciumado com aquela bajulação explícita, o compositor Wagner Teso, consagrado autor de "Corrupção de Estudante", pediu a palavra para defender o presidente argumentando que "Ética é igual a bunda: cada um faz o que quer com a sua...". Já o ator Paulo Betti, instigado pela lógica wagneriana, imediatamente se pendurou na janela e, diante de todos, ameaçou cometer o subsídio.

Mas nem tudo foram flores e bajulação no rega-bofe. No final da reunião, um neoliberal assassino, infiltrado na multidão, tentou dar um tiro no saco presidencial, mas, felizmente, o escroto do presidente foi preservado. A bala pegou na mão do produtor Luiz Carlos Barreto.

Agamenon Mendes Pedreira é petista de carteirinha. Carteirinha falsificada.

27/8/2006

PLANAUTO-SUFICIÊNCIA

Sempre fui um alto entusiasta da autossuficiência. Atravessei toda a minha adolescência trancado no banheiro praticando compulsivamente a autossuficiência solitária. Por isso, chorei de emoção quando vi Luís Esculacho Lula da Silva (o maior estadista vivo da América Latina depois do Hugo Chávez, do Kirchner e do Evo Morales) mostrando as suas mãos sujas e comemorando a autossuficiência do Brasil em maracutaias, jogadas e negociatas. Tudo isso graças à tecnologia científica da PTbras, líder mundial em negociatas profundas.

Mas nem tudo são vitórias e conquistas no Brasil. Infelizmente, o preconceito e o elitismo continuam perseguindo o nosso povo tão sofrido, indolente e periférico. Agora os trens da Central têm vagões só para mulheres, tirando a alegria de milhões de trabalhadores tarados cujo único prazer na vida era encoxar a mulherada no trem lotado. Eu mesmo, na minha juventude senil, já praticava a bolinação, o *frottage*, o roça-roça e outras modalidades de molestamento assediante. Me lembro com saudades do tempo em que eu, Nelson Rodrigues, Ziraldo, JK, o Niemeyer, o Garrincha e o Sobral Pinto pegávamos um trem na Central e íamos, de estação em estação, nos esfregando sofregamente nas domésticas suburbanas até chegarmos ao Orgasmo. Orgasmo era a segunda parada depois de Deodoro.

Há moles que vêm para bem.
ISAURA, A MINHA PATROA.

Com a verba de auxílio-gasolina que gastam todo mês,
os deputados brasileiros poderiam ir até a Lua e voltar.
Ir tudo bem, mas voltar não precisava.

30/4/2006

RECESSÃO UNS BABACAS!

Tenho passado as noites em claro. Em Claro, TIM, Oi, Vivo e Nextel. Rolo na cama até de madrugada e não consigo pregar o olho. Procurei até o meu personal psicoproctologista, Dr. Jacintho Leite Aquino Rego, que me encaminhou a um noculista. Mas essa insônia tem fundo nervoso. Aliás, mais de fundo do que nervoso. Não consigo mais dormir porque estou muito preocupado com a crise americana, que, depois do Ozzy Osbourne e do Rod Stewart, também vai chegar ao Brasil. Mais dia, menos dia o bicho vai pegar, a chapa vai esquentar e a jurupoca vai piar. Não necessariamente nessa ordem.

É só ler a coluna da Miriam Peitão para eu começar a suar frio e ficar apavorado. Em seguida, vou correndo ao supermercado roubar víveres de primeira e segunda necessidade que eu estoco no amplo porta-malas do meu Dodge Dart 73 enferrujado, que fica estacionado na porta de *O Globo*. Escorado em sua alta popularidade, que só perde para o mosquito da dengue, o presidente Luís Gargantácio Lula da Silva garante que a recessão econômica não vai chegar ao Brasil porque a passagem é muito cara. Isso para não falar do aquecimento global, da devastação da Amazônia, da epidemia de dengue e da falta de repelente no mercado. Isso é que eu não entendo... Como é que dizem que está faltando repelente se no Congresso tem um monte de gente repelente pra se comprar?

No Brasil, a corrupção, além de endêmica, é epidêmica também. Até o mosquito da dengue levou uma grana dos fabricantes de repelente para sair picando a população.

Dilma Roskoff – A ministra do PAC (Programa de Aceleração da Campanha) é a favorita do presidente Lula. Quer dizer, até ele mudar de ideia. Devido ao uso indiscriminado do Viagra, do Mensalão e do Bolso Família, a popularidade de Luís Picácio Lula da Silva não para de subir. Dizem que o presidente é tão popular que seria capaz de eleger um poste como seu sucessor. O problema é que existem tantas correntes ideológicas entre os postes do PT que eles não conseguem escolher um candidato de consenso. Por isso mesmo, Lula resolveu escolher a ministra Dilma Roskoff. Junto com a Mãe Loura do Funk, Dilma quer conquistar as periferias e ser conhecida como a Mãe Ruiva do PAC. Depois de cada discurso do Lula, a desinibida ministra entra no palco balançando o popozão ao ritmo alucinado da Dança do Créu. Impulsionada pelas verbas públicas, a ministra Dilma Roskoff consegue atingir a velocidade 5 dessa sensual coreografia popular e popolista. Dilma, a Ministra Jaca, tem exibido um extraordinário jogo de cintura e teve que rebolar muito para explicar o dossiê contra o FHC, o Presidente Melancia.

Não bota a minha Mãe do PAC no meio que eu boto no meio da tua.

LUÍS FANFARRONÁCIO LULA DA SILVA

Agamenon Mendes Pedreira, segundo as pesquisas, é o jornalista mais populista de O Globo.

6/4/2008

O FUNDO DO PIÇO

É Paulson, é pedra, é o fim do caminho. A crise é tão grave que os presidentes dos principais bancos centrais acham que a única saída é chamar o Capitão Nascimento e o BOPE para dar um jeito na situação. Enquanto o fanfarrão Bem Babacke, presidente do FED, não pede pra sair, seria melhor mudar o nome do Banco Central americano para FOD, Federal Orifice Department. E eu que pensava que quem ia acabar com o capitalismo era o Fidel Castro, o Chávez, o Evo Morales e o Lula. Mas quem acabou acabando com o sistema capitalista neoliberal globalizante foi o companheiro George Bush e o companheiro Alan Greenspan!

Os economistas da GloboNews acham que chegamos ao fundo do poço. O problema é que o fundo do poço deu rendimento negativo pelo terceiro mês consecutivo. E o pior da crise é que agora as grandes cidades do mundo estão infestadas de milionários-de-rua que perderam tudo. Desesperados e famélicos, esses despossuídos delinquentes abordam os transeuntes de modo agressivo nas ruas implorando por uma tigela de caviar ou uma garrafa de champanhe. E depois ainda vão pra debaixo dos viadutos cheirar cola de sapato de cromo alemão.

Apesar das ordens expressas do presidente Luís Inácio Mula da Silva, que proibiu a chegada da crise no Brasil, ela já chegou. E muito antes da Madonna! A crise começou seu tour pelo Rio de Janeiro, onde visitou os principais pontos turísticos e, de noite, foi até uma casa noturna, onde se meteu numa porrada com uns pitboys e a Narciza Tamborindeguy. No dia seguinte, de ressaca, a crise foi visitar a periferia com a Regina Casé, onde acabou sendo assaltada. No fim de semana, a crise deu um pulo em Salvador, onde foi gravar um comercial de celular com a Ivete Sangalo e o Luciano Huck.

Desesperados com a crise do capitalismo, milionários de Miami pegaram seus iates e fugiram para Cuba.

It's the stupidity, economist!
John Maynard Keynes, o Kenny G

Agamenon Mendes Pedreira perdeu tudo na bolsa. Na bolsa da Isaura, a sua patroa.
12/10/2008

É GRAVE A CRASE!

A crise já chegou, e o que é pior: foi di cum força! A recessão já bateu na porta da minha residência, o Dodge Dart 73 enferrujado, que fica estacionado na porta de *O Globo*. Pra você ter uma ideia, acordei outro dia para pegar o pão e o *Extra* na porta de casa quando me deparei com dois flanelinhas armados que disputavam à bala a posse da minha vaga. Ainda tentei argumentar com os dois delinquentes, mas os marginais ambulantes não estavam nem aí. Depois de muita extorsão e ameaças de morte, os dois chegaram a um acordo. Acordo entre eles, fique bem claro. Para os dois marginais, eu deveria pagar 20 reais por dia para cada um. Recusei a generosa oferta dos bandidos de flanela, até porque, por essa grana, eu mesmo arranho o meu carro. Injuriados, os guardadores foram embora ameaçando me denunciar no blog do César Maia.

Foi aí que caiu a ficha. Como estou falido, peguei a ficha e fui tentar a sorte no videopôquer. Estou mais quebrado que brinquedo *made in China*! Daqui a pouco serei obrigado a botar a Isaura, minha patroa, na porta da discoteca Help* para que ela, movimentando seus fundos, possa arrumar algum de alguém e colocar comida na nossa mesa.

Ninguém me ajuda! Nem mesmo uma ONG ou entidade pilantroica aparece aqui pra me dar uma mãozinha. E o governo acaba de dar uma ajuda bilionária para a Sadia, que deve muito mais que eu. Por que o contribuinte tem que pagar pelo rombo da Sadia? Se eles entendem tanto de peru, por que é que não conseguem segurar essa naba?

Só me resta apelar para uma derradeira e desesperada alternativa: a chantagem emocional. Se o governo não me arrumar uma verba até semana que vem, prometo que vou subir no prédio da Petrobras e praticar o subsídio.

16/11/2008

---

* Famosa ex-boate na Avenida Atlântica, frequentada por garotas de programa, prostitutas, vadias e piranhas, que são peixes de Rio. De Rio, de São Paulo, de Brasília...

TODO PHODER À IMAGINAÇÃO!

Apesar de estar em Paris nessa época, não me lembro direito do Maio de 68, mesmo porque estava no meio de um 69. Lembro apenas dos quebra-quebras nos bulevares promovidos pelos estudantes enfurecidos. Os jovens protestavam contra a lei que instituía o banho diário obrigatório. Indignados com a caretice e o autoritarismo gaullista, os estudantes resolveram demolir as estruturas arcaicas da sociedade burguesa. Só não foi um banho de sangue porque banho na França não é uma ideia muito aceita até hoje. Fui o primeiro jornalista brasileiro a entrevistar Daniel Cohn-Bendit, conhecido como Le Cochon Rouge. O radical líder estudantil avisou que a coisa ia feder ainda mais em Paris, como se isso fosse possível.

Apavorado, resolvi fugir da Cidade Luz e peguei o primeiro trem que ia para a Cherecoslováquia. Lá, um grupo de homossexuais socialistas, partidários da Terceira Via, fundou um movimento de caráter liberalizante, também conhecido como a Primavera de Prega. Essas bichas heroicas enfrentaram de frente (e de costas) as tropas soviéticas invadentes do Pacto de Varsóvia.

Naqueles tempos o mundo era efervescente como um Targifor C. Até mesmo no Brasil os estudantes saíram às ruas para protestar contra a ditadura militar e exigir meia-entrada no cinema. Por outro lado, a pílula anticoncepcional separou definitivamente o sexo da sacanagem. Nunca se deu tanto no Brasil! A libidinagem pornográfica tomou conta das cidades e Ipanema se transformou numa Sodoma à beira-mar. Igual a hoje em dia. Isso sem falar das drogas lisérgicas que vinham nos LPs dos Beatles que os jovens lambiam para ficar doidões.

Eu só não tenho mais saudades daquela época dourada porque eu vivia totalmente emaconhado de marofa e não me lembro de nada do que aconteceu. Só sei que naquele tempo os travestis ainda não frequentavam a Banda de Ipanema nem o Ronaldinho.

ONDE ESTÁ O AGA?

Como todos sabem, eu fui o número 97.734 na mitológica passeata dos Cem Mil. Na verdade, entrei de penetra porque naquele tempo eu era duro em todos os sentidos. Ao contrário dos outros participantes abonados, eu não tinha um patrimônio de 100 mil, mínimo exigido para participar dessa manifestação aristocrática, quer dizer, democrática. Logo no começo da muvuca, senti que o avantajado ator Antônio Pitanga estava atrás de mim. Como sou um homem avesso a extremismos, saltei fora e me coloquei confortavelmente atrás da Tônia Carrero, que, naquela época, era mulher de Adolfo Celi, depois de ter se separado do Beto Carrero. Nessa foto histórica de Evandro Carlos de Andrade Teixeira, eu apareço segurando a faixa que desafiava a truculenta ditadura militar.

18/5/2008

MICO REAL DOURADO

Enquanto jornalista isento, imparcial, bajulador e puxa-saco, fui convidado a fazer parte da comitiva do presidente Luís Marolinhácio Lula da Silva até Londres para acompanhar a reunião do G-20. Logo que embarcamos no Aerolula foram servidos os aperitivos, rabos-de-galo, traçados e coquetéis, além de uma vasta coleção de destilados. Destilados e do outro lado também. Cantando pagode e batucando na lataria, ia comigo na aeronave movida a álcool um animado grupo de sindicalistas do ABC, que são as únicas letras que eles conhecem.

Quando o avião atingiu a velocidade de cruzeiro e o presidente ficou bem alto, Lula me confidenciou que não queria que a reunião fosse em Londres. Ele prefere Genebra. De preferência com vermute. Logo que chegamos à capital da Inglaterra fomos escoltados pela Scotland Yard, que nos ciceroneou no metrô da cidade, onde os brasileiros costumam entrar pelo cano.

Em seguida, embicamos na direção do Palácio de Buckingham, onde a Rainha Elizabeth II, a Dilma dos ingleses, nos esperava à porta. Sempre simpático e sedutor, Lula apertou a bunda de Sua Majestade e lhe fez um galanteio: "Rainha velha é que dá comida boa!". Animado, Lula também fez questão de oferecer uma garrafada de jurubeba com catuaba para o príncipe Charles.

Cheio de popularidade nas ideias, o presidente, assim que chegou à reunião do G-20, foi logo avisando que o Brasil ia emprestar um trilhão de dólares para os países ricos e bilionários. Só podia estar de porre.

Sempre psicodélica e doidona, a Rainha Beth II, a Feia, me convidou para um chá de cogumelos no Palácio de Buckingham.

Agamenon Mendes Pedreira é a favor da anarquia parlamentarista.
5/4/2009

PRÉ-SAL, PRÉ-SOL, PRÉ-SUL

O Brasil é um país de contrastes, paradoxos, metáforas, metonímias, eufemismos e outras figuras de linguagem que eu não conheço, pois, assim como o Lula, não "compretei" o segundo grau. Veja o caso do pré-sal: o pobre do petróleo ainda nem saiu das profundezas da terra e o governo já está gastando por conta. Assim que o presidente inaugurou o pré-sal, todos os ministros saíram dali correndo para o shopping para detonar o cartão de crédito corporativo!

Assim como o caseiro Francelino, sou um injustiçado, um dalit*! Fui o único jornalista marrom e mau caráter que não foi convidado para o show de estreia do pré-sal. Foi um espetáculo de luz e cor digno do Coliseu, onde o Leão da Receita, ao final do espetáculo, acabava sempre devorando os contribuintes cristãos. Governadores nus brigavam na lama pelos *royalties*! Numa mistura de Ultimate Fighting e luta greco-romana, políticos inescrupulosos se digladiavam por causa de uma diretoria, dessas que "furam poço" e o orçamento da União. Ninguém era de ninguém na gastança, quer dizer, festança. Até mesmo a ministra Dilma Roskoff, tão séria e carrancuda, desfilava de biquíni fio dental enquanto discursava tentando seduzir o eleitorado. Pra encerrar o espetáculo, o grupo Calcinha Preta cantou o seu grande hit em homenagem ao Lula: "Você não vale nada, mas eu voto em você! Você não vale nada, mas eu voto em você!".

O uso político exagerado do pré-sal pode provocar pré-hipertensão.

Dr. Dráuzio Careca

Agamenon Mendes Pedreira vai fundar um novo partido de esquerda, o Pré-Sol.

6/9/2009

* Ver a novela Comi o das Índias, de Glória Perez.

PAC – PROGRAMA DE APAGÃO COLETIVO

Nem tudo são trevas no apagão. Felizmente, o blecaute teve início justamente na hora em que eu ia começar a “ler” a *Playboy* com as fotos da Fernanda Young pelada. Quando a escuridão se abateu sobre o meu Dodge Dart 73 enferrujado, que fica estacionado na porta de *O Globo*, eu e a minha patroa estávamos confortavelmente instalados no nosso lar, prontos pra ir pra cama. Mulher geralmente chora por qualquer coisinha, mas a Isaura, a minha patroa, não tem medo de escuro. De escuro, de mulato, de branquelo, de cafuzo, de albino, de mameluco, de caboclo e nem de sarará. Segundo a minha cara-metade (e bota cara nisso), quanto mais escuro melhor, quer dizer, maior. Ao contrário da maioria dos casais brasileiros, a nossa vida sexual não foi afetada pela súbita falta de energia. Felizmente, o vibrador aqui de casa tem gerador próprio.

Enquanto o Brasil mergulhava no breu do apagão, o presidente Luís Apagácio Lula da Silva procurava no escuro do seu quarto uma desculpa ou uma tomada, qualquer uma servia. Depois de muito raciocinar, Lula criticou a imprensa golpista por noticiar a falta de luz e disse que o seu apagão era muito melhor que o do ex-presidente Apagando Henrique Cardoso. Por outro lado, a ministra Dilma tirou o Roskoff da reta e mandou o ministro Lobão das Minas e Energia dar uma explicação convincente sobre a tintura do seu cabelo e a falta de luz. Lembrando o seu passado de roqueiro, Lobão empunhou uma guitarra e deu o seu recado: “Não dá para controlar, não dá! Não dá pra planejar!”.

A falta de luzes no Brasil deixou o mundo inteiro cabreiro, já que a Copa de 2014 e as Olimpíadas de 2016 vão ser realizadas aqui. Será que o Brasil vai pagar o maior mico? Não sei, não... Até o sisudo e conservador *Wall Street Journal*, num recente editorial, afirmou “para o Brasil ficar uma m✲#☠erda ainda tem que melhorar muito”.

O governo disse que está preparado para enfrentar o apagão nas Olimpíadas de 2016 e já tem um projeto de metrô alternativo que dispensa a energia elétrica.

A crise acabou: eu já estou vendo a luz no fim do YouTube.
BARRACO OBAMA

Agamenon Mendes Pedreira é fã do Blecaute, o finado cantor.
15/11/2009

BAJULA, O FILHO DO BRASIL!

Enquanto crítico de cinema isento, não costumo assistir aos filmes que vou criticar para não deixar que a obra interfira na minha análise rigorosa e independente. Por isso, graças à contribuição do meu amigo Barretão, que me encomendou essa crítica, consegui engordar a minha outrora minguada e caída conta bancária. Ainda bem! Eu estava mais duro que o pau de arara que trouxe o Lula do Nordeste. Esse trabalho de crítica isenta e imparcial chegou em boa hora.

Infelizmente, o presidente não pôde comparecer à *première* da sua autobiografia filmográfica no Teatro Nacional em Brasília porque a segurança vetou. A quantidade de puxa-sacos e bajuladores que queriam se pendurar no Primeiro e Segundo Testículos da Nação era enorme e essa parte da anatomia presidencial ainda não é blindada.

Poucos filmes me deixaram tão emocionado quanto o filme "Lula, o Molusco do Brasil". Eu, um crítico espada, frio e calculista, só tinha chorado assim, aos prantos, quando assistia aos filmes pornôs do Alexandre Frota. Apesar de ser um melodrama sindical, o filme é cheio de surpresas. Eu não sabia que o Lula era filho da Gloria Pires e também não tinha ideia de como era a cara da dona Marisa antes de se transformar na Marta Suplicy.

Pobre e semianalfabeto, Lula chegou do Nordeste e teve que ficar no ABC. Infelizmente, o futuro presidente do Brasil não se interessou em aprender as outras letras e arrumou um emprego de entorneiro mecânico no time do Corinthians. Numa cena dramática, vemos o exato momento em que Lula, num acidente de botequim, perde o mindinho ao pedir dois dedos de pinga. Líder sindical perseguido pela ditadura, Lula foi preso pelos militares, mas na época ele achou uma boa: só assim se livrou de sua namorada, Miriam Cordeiro, que, mais tarde, foi a estrela da campanha política do Collor. Tempos depois, os milicos soltaram o Lula, mas a sua língua continuou presa.

Os invejosos de plantão acusam o filme de ser oportunista e eleitoreiro. Mas agora que o cheque já compensou, posso afirmar sem erro: o filme "Lula, o Filho do Barril", não é uma deslavada propaganda política visando às eleições de 2010. Até porque os produtores deixaram de fora as principais realizações do governo Lula: o Mensalão, o apagão e a invenção da Dilma Roskoff.

O cinema é a maior bajulação.
Luís Severiano Ribeiro Lula da Silva

Agamenon Mendes Pedreira é o filho da p#@#uta do Brasil.
22/11/2009

MELAÇÕES EXTERIORES

Hoje não vou escrever nada sobre os assuntos que realmente são importantes para a sociedade brasileira, como o BBB e o Rebolation. Infelizmente, vou ter que tratar de um assunto fútil e mundano que ficaria melhor nas páginas da revista Caras ou Cheques de Famosos. Refiro-me à política esperma brasileira, quer dizer, a política externa brasileira.

A política externa brasileira é comandada por Celso Amoringa e pelo intelectual Mico Aurélio Garcia (no PT, quem tem barba grisalha e usa óculos de fundo de garrafa é considerado intelectual). A nossa diplomacia exterior é um produto dessas duas mentes privilegiadas, o que torna o Itamaraty um organismo bucéfalo, quer dizer, bicéfalo.

O problema é que essa dupla petisto-sertaneja está dando uma orientação de esquerda ao Itamaraty quando todo mundo sabe que nossos diplomatas sempre resolveram tudo pelo centro. O centro de nossos diplomatas.

Parece que o Lula só vai tomar jeito quando Jeito virar marca de cachaça. Pra que ficar circulando por aí aos beijos e abraços com delinquentes internacionais como Fidel Castro, Chávez, Ahmadinejad e Kadafi, se aqui no Brasil ele já tem o Collor, o Jader Barbalho e o Zé Dirceu?

7/3/2010

RECEITA FODERAL

É por isso que eu não pago imposto de renda. Imagine se agora, às vésperas da eleição, o pessoal do PT (Partido Trapalhista) resolve arrombar o meu sigilo fiscal e divulgar minhas maracutaias pra todo mundo? Como me disse um motorista de táxi (as únicas pessoas bem informadas do Brasil), esse escândalo com o imposto dos tucanos foi uma manobra do PT para dar uma esquentada na eleição, já que as pesquisas estão indicando que a candidata Dilma Roskoff está com a eleição no papo. O problema é que a Dilma fez uma plástica pra tirar o papo com o mesmo médico que implantou a cabeleira do Zé Dirceu. A plástica da Dilma foi mais uma obra do PAC, Programa de Aceleração Cosmética. No Brasil é assim mesmo: a cosmética está em alta, mas a ética continua em baixa.

Até a Ana Maria Braga, coitada, caiu na mira dos espiões do Fisco. Segundo minhas fontes, a Receita Federal está interessada nas receitas da famosa apresentadora loura, principalmente a de brigadeiro e do empadão de palmito. A Receita Federal está destruindo a imagem que construiu ao longo de anos, simbolizada pelo Leão do Imposto de Renda, predador selvagem e sem escrúpulos que se alimenta dos contracheques indefesos. Em vez do leão, o novo animal símbolo da Receita Fedemal deveria ser um gambá, um bicho repulsivo, asqueroso e que cheira mal.

O Detran, ao contrário do meu bilau e da Receita Federal, é um órgão muito rígido. Até os pedestres estão sendo obrigados a levar as crianças atrás, na cadeirinha.

> *Se é para o bem do meu povo e felicidade geral da minha nação, diga ao povo que Fisco!*
>
> DOM PEDRO BIAL

Agamenon Mendes Pedreira é jornalista Ficha Suja.

5/9/2010

BOLSO FAMÍLIA

O brasileiro é um povo muito apegado aos valores da família. Aliás, mais aos valores do que à família. E o governo popular do PT, Partido Trapacista, é uma Grande Família, quer dizer, Quadrilha. Lula é o Pai dos Pobres, a Dilma é a Mãe do PAC e a Imprensa é tudo filho da p#*@uta. A doutrina do lulismo-marxismo prega a divisão das riquezas. Desde que a divisão seja feita entre os familiares, correligionários ou membros da base aliada. O socialismo tem que começar por algum lugar, certo? Então por que não começar pelo bolso dos familiares da Eunice Guerra que trabalham no Palácio do Planalto? Pelo menos para alguma coisa a ex-chefe da Casa Serviu...

Aliás, a Casa Civil virou a Casa da Mãe Joana Civil. Ninguém é de ninguém, a atmosfera é de puro sexo. Nem no Sexy Hot se vê tanta sacanagem: todo mundo levando propina por todos os buracos do orçamento. Teve um sujeito que abriu a gaveta e descobriu um envelope de papel pardo com R$ 200 mil. Nem o Mister M consegue explicar esse truque! E por que propina em papel pardo? Num governo popular como o do Lula não pode existir papel pardo, um termo pejorativo, mas sim papel afrodescendente.

O presidente já avisou que vai investigar o caso rigorosamente e tomar todas as medidas necessárias. Com gelo e limão. E também prometeu que vai fechar o seu governo com chave de ouro. Mas eu acho que não vai dar: o pessoal do PT pegou a chave de ouro e derreteu.

Para negar as denúncias de corrupção e formação de família, os parentes da ex-ministra Eunãodisse Guerra visitaram recentemente a Polícia Federal e aproveitaram a ocasião para "tocar o piano".

FIGURAÇA DA SEMANA

Tiririca – Hoje em dia, com o culto às celebridades, para entrar na política o candidato precisa ser uma personalidade midiática, quer dizer, midiótica. Agora, além do Agnaldo Timóteo e do Moacyr Franco, os paulistas querem eleger o Tiririca deputado federal. O célebre autor de Florentina pretende largar o humor para entrar definitivamente na comédia: quer ir pro Congresso Nacional. Tiririca pretende um dia chegar à presidência da República, afinal, tem todas as credenciais para isso: veio do Nordeste num pau de arara e é analfabeto de pai e mãe. Mãe do PAC, é claro.

O Neymar não está pro Peixe.

Agamenon Mendes Pedreira é jornalista Ficha Suja.
26/9/2010

NEGÓCIO$ DA CHINA

Ao contrário do presidente Luísque Inácio Lula da Silva, que me detesta e não me chamava nem pra um churrasco com pelada no Torto (a granja, não o presidente), a presidenta Dilma Roskoff já mostrou que seu estilo é diferente. Mulher guerreira de personalidade forte, Dilma fez questão de me convidar pessoalmente para participar de sua comitiva na sua viagem à China, na qualidade de assessor para assuntos íntimos de caráter pessoal.

Logo que embarcamos no Aerodilma, a presidente me pediu para lhe dar uma lição particular de etiqueta. Solteira há muito tempo, a Suprema Mandatária da Nação não se lembrava mais direito como é que se come de pauzinho. A China é o nosso maior parceiro comercial: eles compram os nossos minérios e inundam nosso mercado de pastéis, caldo de cana, DVDs piratas e outros produtos típicos chineses. A China é o maior país capitalista de esquerda do mundo, e os chineses, cheios de dinheiro no bolso, saem pelo mundo comprando tudo que veem na frente. Parece até um bando de brasileiros de férias em Miami.

Assim que chegamos a Pequim, Dilma quis logo experimentar o famoso pato, que ela só conhecia da música do João Gilberto. Em seguida, fomos recebidos em pessoa pelo presidente Jackie Chan, que fez questão de mostrar sua habilidade no caratê, quebrando o protocolo e várias telhas. Mais tarde, quando a presidenta se recolheu aos seus aposentos, eu e uns diplomatas do Itamaraty demos uma escapada até a Cidade Proibida, onde o sanguinário ditador Mao Tsé-Tung pegava suas concubinas e compeitinas também. Depois da farra, chegamos ao hotel com o dia amanhecendo, cheios de uca nas ideias. Ao abrir a porta do quarto, levamos o maior susto e acreditamos estar tendo uma alucinação: vimos um dragão chinês na nossa frente. Felizmente, não era nada de mais: era só a presidenta, que tinha acabado de acordar.

Ao voltarmos para o Brasil, Dilmão Roussef me confidenciou que o Brasil vai se aproximar cada vez mais da China. Nossas escolas públicas vão ensinar mandarim e a merenda escolar vai ser toda fornecida pelo China in Box.

Na China, a presidenta Dilma Roskoff recebeu do presidente Jackie Chan uma autêntica estátua pirata de Nossa Senhora de Aparecida de Xangai.

FIGURAÇA DA HORA

Bono Vox – O megapopstar esteve no Brasil em missão oficial, aonde veio arrecadar 800 milhões de reais e cumprir uma intensa agenda. Bobo Vox prometeu que vai doar essa grana toda para uma de suas causas, no caso, a causa própria. Bono Vox também trocou ideias (?) com o ministro (?) Guido Mantega e, em seguida, voou até Brasília, onde deu um lance na presidente Dilma Roskoff. Mais tarde, foi até São Bernardo para se encontrar com o presidente Luísque Inácio Lula da Silva. Lula confessou ao cantor irlandês que quer entrar de qualquer jeito no Guinness. A cerveja, não o famoso livro de recordes. Pacifista incorrigível e militante incansável das causas da paz, Bono está articulando um encontro da Preta Gil com o deputado Jair Bolsonazi na boate Cicciolina.

Agamenon Mendes Pedreira é astro da megaprodução americana "Velhotes e Furiosos".
17/4/2011

CAINDO NA REAL

(LONDRES) – Realmente... A monarquia inglesa é como eu: está cada vez mais velha, mas ainda funciona! Nesta semana o mundo inteiro matou o trabalho para assistir ao casamento entre o príncipe William Bonner e Lady Kate. Eu, Agamenon Mendes Pedreira, fui o único jornalista convidado (aliás, pessoalmente, pela rainha Elizabeth II) para acompanhar o casamento e a lua de mel oficial dos pombinhos reais. A velha monarca teme que se repita um triste episódio, quando ela surpreendeu William e Kate num dos aposentos do Castelo de Selfridges praticando sexo oral antes do casamento.

– Lady Kate, o que é isso? – perguntou a rainha, espantada.

– Um boquete, ora! Tô pagando! – respondeu a histriônica noiva, na lata.

A Casa Real britânica sempre tenta babar os meus ovos para que eu não revele ao mundo as minhas ligações amorosas com a finada Lady Di. No meu filme *As Aventuras de Agamenon, o Repórter* vocês vão ficar sabendo que eu e Lady Diranha Spencer vivemos um tórrido *affair* de fundo erótico que abalou os alicerces da Casa de Windsor. Na verdade, o príncipe Charles foi corno meu e, por isso mesmo, foi agraciado com o título de Príncipe da Cornualha. Pobre Charles, quer dizer, rico Charles. Nunca poderá ser coroado rei porque sua testa já está ocupada com um par de chifres. O Príncipe de Galhos, quer dizer, de Gales, já que não vai ser rei mesmo, acabou se casando com a Camilla Parker Bowles, o Monstro de Loch Ness.

Eu admiro o Príncipe Charles, ele é guerreiro! Charles não é São Jorge, mas está sempre espetando a lança no dragão. Além de tudo, o orelhudo e flácido membro da realeza britânica ainda sofre de TOC, Transtorno de Obsessão Cornuda, e é louco por jardinagem. O amor de Charles pelo mundo vegetal é tão grande que ele costuma falar com as plantas, mesmo porque a sua ex, Lady Di, era a maior trepadeira.

Como todos sabem, tenho ligações íntimas com o jovem William e seu irmão Harry Potter. Por ser um cortesão da Coroa, a própria Rainha me encarregou pessoalmente de levar os dois jovens à zona. Fiquei comovido quando William me convidou pra ser o seu padrinho de casamento. A madrinha vai ser o Elton John. Na verdade, eu tenho uma suspeita que me corrói a alma. Acho que o príncipe William é meu filho. Repare bem na semelhança entre nós dois. Ele é a minha cara escarrada. A semelhança é incrível: somos iguaizinhos, a única diferença é a conta bancária. Estou pensando até mesmo em ir ao Programa do Ratinho para meter um DNA na família real inglesa. Só assim poderei ficar em paz com a minha consciência e com o gerente do banco.

Mas voltemos à emocionante cerimônia que foi assistida por bilhões de pessoas e dólares em todo o mundo. A boda real foi realizada na Vadia de Westminster, para homenagear a memória da princesa Diana. Mas a festa foi no Castelo de Caras. E como a família da noiva ficou milionária com festinhas infantis, havia muitas piscinas com bolas, tirolesa, pula-pula, carrocinha de pipoca e cachorro-quente. Logo me enturmei com Mister Bean, que foi o pajem do casamento, e a Amy Winehouse (que, como o Lula, devota da Igreja AngliCana), convidada para ser a vomitadora oficial da festa.

Na verdade, William e Kate estão em lua de mel é com a mídia. E, para mostrar que a Coroa Britânica vive novos tempos, o casal resolveu seguir o conselho de Reinando Henrique Pomposo, ex-imperador do Brasil, e puxar o saco da classe média. Por isso mesmo, os pombinhos resolveram passar a lua de mel no Cruzeiro Emoções, da CVC, pra ver o show do Roberto Carlos, que já é rei há muito tempo.

Para apreciar o casamento de William e Kate, Agamenon Mendes Pedreira fez questão de se vestir a caráter, quer dizer, a falta de caráter.

Os excêntricos ingleses são atualmente o único povo do mundo que ainda pratica o casamento à fantasia.

Agamenon Mendes Pedreira é o Coroa Imperial.
1/5/2011

ALAH O CORPO ESTENDIDO NO CHÃO!

Enquanto jornalista consagrado já dei muitos furos na vida (de dentro pra fora, do jornal, é claro), mas nunca pensei que fosse testemunhar um dos maiores acontecimentos do século XXI: o assassinato de Virgulino Osama Bin Laden, o Lampião, o Inimigo Público Número 1 da Humanidade (o Maluf é o número 2). Numa operação secretíssima, um helicóptero dos *marines* foi me buscar pessoalmente no Palácio de Fuckingham, onde eu estava animando a lua de mel do príncipe William e da Lady Kate. A manobra secreta jogou um balde de água fria no coito real, que, como todos sabem, ficou transferido *sine die* pra depois do São João.

Como você vai ficar sabendo no meu filme *As Aventuras de Agamenon, o Repórter*, eu fui o único jornalista ocidental do mundo livre que conheceu o esconderijo secreto de Osama Bin Laden. Por isso mesmo, diante de uma popozuda quantia oferecida pela CIA, me ofereci, enquanto X-9, para apontar o meu dedo de seta pelos vales do Paquistão até chegar à mansão onde o perigoso terrorista sanguinário se escondia.

A vizinhança e o serviço secreto paquistanês nunca desconfiaram que Osama Bin Laden morava naquela fortaleza com muros enormes cheios de arame farpado, cercado de seguranças, porque achavam que era a casa de um bicheiro ou presidente de escola de samba. O que dá no mesmo.

Logo que a Tropa de Elite, comandada pelo Capitão Nascimento em pessoa, chegou ao casarão, descemos pelas cordas e nos deparamos com um monte de mulheres de burca. Imediatamente perguntei:

– Qual de vocês é o Osama?

– Osama, não! Ossama! Com dois "esses"! Vocês não tão vendo *Jornal Nacional*? Pronuncie direito!

Diante daquelas respostas, vi que aquelas fanáticas muçulmanas não estavam pra brincadeira e então resolvi arrancar uma por uma as máscaras das terroristas em trajes típicos. Debaixo da burca de uma das criaturas, deparei com uma mulher magrela, alta e barbuda.

– Olha o Osama aí, gente! – gritei, imitando o Neguinho da Beija-Flor – Fogo nele!

Apavorado por ter sido desmascarado, Osama ainda tentou confundir os *marines*:

– Osama!? É ruim de ser eu!

Em seguida, o terrorista pegou sua esposa mais gorda, a Jurema, e a usou covardemente como escudo humano. Mas não adiantou nada. Os *marines* passaram o cerol e mandaram o Osama pra vala. Para provar ao mundo que tínhamos matado Bin Laden, peguei meu canivete e cortei uma parte importante da anatomia do sanguinário terrorista. Infelizmente, um cão infiel passou por ali na hora e arrancou a prova ainda latejante da minha mão, pensando que era uma linguiça.

Em seguida embarcamos com o cadáver de Osama num helicóptero para tacar o corpo no mar. Mas antes, em respeito ao morto, num ato de piedade cristã, fiz questão de cumprir um ato religioso da minha fé: aliviei a carteira, tirei o relógio Rolex e arranquei os dentes de ouro do Osama. Assim que realizei esse ritual místico, jogamos o terrorista no mar, onde ele virou uma espécie de Big Mac dos tubarões.

Muita gente não acredita que o Osama morreu e exige ver pelo menos a foto do presunto do terrorista. Mas eu concordo com o presidente Barack Osama, que decidiu não mostrar as fotos do cadáver na *G Magazine*. Mesmo assim, o afropresidente americano prometeu que vai levar o exame de DNA do Osama ao Programa do Ratinho.

Mesmo depois de ser jogado no mar, os marines continuam vigiando todos os passos de Osama Bin Laden.

As feias que me desculpem, mas beleza é fundamentalista.
VINICIUS DE MULAHS, O PROFETINHA

Agamenon Mendes Pedreira quase tomou na burca durante a Operação Gerônimo.
8/5/2011

VALE TUDO

Eu não sei por que dizem que o governo da presidenta Lula Roussef é um marasmo, em que não acontece nada. A gestão da Dilma é melhor do que novela! Todo dia tem um escândalo! Todo dia tem fofoca! Emoção, conflitos, intrigas! Aventureiros inescrupulosos dando golpes milionários, superfaturamento... Parece até que quem escreveu o programa de governo foi a Glória Perez!

Enquanto machista-leninista, atribuo esse perfil folhetinesco do governo ao fato de o Palácio do Planalto estar cheio de mulheres. As mulheres quando estão no poder (poder com ph) adoram ficar de ti-ti-ti, falando mal dos outros. Não é à toa que atualmente a Dilma está despachando direto do salão de beleza que ela mandou instalar no seu gabinete.

Minha fonte exclusiva em Brasília, a garota de programa social Bruna Chupetinha, me garantiu que o próximo escândalo a estourar em Brasília vai ser o Escândalo da Mandioca 2, um *remake* de um famoso escândalo de duplo sentido que aconteceu na década de 70. Tipo assim *Gabriela* e *O Astro*. Dizem, aliás, que a mandioca desse escândalo, que aconteceu anos atrás (com trocadilho, por favor), foi a primeira a arrombar os cofres públicos. E, como diz a sabedoria popular, "depois que arrombam o cofre, não adianta trocar a fechadura".

Agamenon Mendes Pedreira é um es-cân-da-lo!
7/8/2011

ULTIMATE PORRADA!

O futebol não é mais o esporte preferido do Brasil. Agora a nova mania do brasileiro é o Ultimate Fighting. Essa luta mistura várias artes marciais como o kung fu, o muay thai, a luta livre e a pancadaria sem limites até tirar sangue. Mas não podemos confundir o Ultimate Fighting com o vale-tudo que é praticado no Congresso há muito mais tempo.

Desde a Roma Antiga, o povo paga ingresso para ver gente se espancando com violência incontrolável. Os baixos instintos humanos emergem das profundezas da alma sempre que assistimos a dois homens musculosos de sunguinha se agarrando furiosamente. Mas mesmo nessa barbárie esportiva existem regras que precisam ser seguidas: é terminantemente proibido dedo nos olhos e outros orifícios da anatomia dos lutadores.

Até Isaura, a minha patroa, que é uma pacifista radical, virou fã do Ultimate Fighting. Outro dia mesmo eu cheguei em casa e encontrei os irmãos Minotauro e Minotouro se engalfinhando com a Isaura na minha cama – certamente estavam se preparando para os próximos campeonatos.

Empolgado com essa nova paixão nacional, eu mesmo, Agamenon Mendes Pedreira, apesar de minha idade avantajada, me inscrevi numa academia de pancadaria marcial, onde venho aprendendo os fundamentos do MMA. Essa coisa de bater nos outros pode ser muito útil na profissão de jornalista. Para aguentar o tranco dessa prática esportiva extenuante e viril, a Isaura, a minha patroa, todo dia prepara um café da manhã reforçado pra mim. Excelente dona de casa, Isaura faz questão de preparar os meus ovos do jeito que eu gosto: mexidos e com bastante talco.

FIGURAÇA DA HORA

Justin Bieber – Não são apenas os roqueiros velhos, decadentes, barrigudos e carecas que vêm ao Brasil fazer shows. Quem está chegando em outubro ao país é o megapopstar pré-adolescente Justin Biba. Com seu penteado de sexualidade duvidosa, o astro *teen* vai arrastar multidões de jovens histéricas até o Engenhão, o único estádio de futebol do mundo que só enche quando tem show de música. Justin Bieber é um popstar precoce e, por ser ainda muito criança, vai ficar hospedado numa creche 5 estrelas. Como todo popstar internacional, Justin Bicha é cheio de vontades e exigiu 10.000 fraldas brancas no seu camarim e mamadeiras com leite Ninho e água Perrier.

Agamenon Mendes Pedreira é o Justin Bieber da Terceira Idade.
4/9/2011

J'ACUZZI!

Apesar de ter uma vida cheia de emoções e aventuras, me arrependo terrivelmente de não ter seguido a lucrativa carreira de consultor. Se tivesse escolhido essa modalidade de trabalho criminal, em vez do jornalismo marrom investigativo, hoje poderia até mesmo ser acusado de ser ministro da Dilma.

É impressionante como neguinho fatura alto dando consulta no Brasil. Nem mesmo o Dr. Jacintho Leite Aquino Rêgo, MD, meu personal proctologista, que dá mais de 20 consultas por dia (todas com hora cravada), chegou a amealhar tamanha fortuna como o Antonio Palhocci e o Fernando Pimentiu fizeram. Por isso eu digo e repito: a desigualdade social no país diminuiu muito. Olhe só o que aconteceu com esses dois ministros: dez anos atrás, Palhocci e Pimentiu não passavam de pobres sindicalistas remediados que andavam de busum e comiam PF. Mas, graças à próspera atividade da consultoria, hoje os dois líderes petistas estão milionários. E o que é pior: cheios da grana também! E ainda dizem que pobre não sobe na vida no Brasil...

Outra coisa boa no nosso país é que você pode cometer qualquer crime numa boa, na paz, sem ser importunado pela polícia. É só contratar um bom advogado, deixar o caso ir a julgamento e esperar prescrever, já que a nossa Justiça é mais lenta que o Rubinho Barrichello. Aliás, um ministro do STF (Supremo Tribunal de Frango), Recado Lewandovsky, deu uma declaração chocante: os crimes praticados pela turma do Mensalão vão todos prescrever. Não sei, não... Será que o ilustre jurista "lewandovsky algum por fora" pra dizer isso?

Enquanto cidadão indignado, isso me revolta! É hora de dar uma bosta, quer dizer, um basta em tanta maracutaia! Principalmente nas maracutaias para as quais eu não sou convidado a participar! Por que não fazem logo uma UPP em Brasília para livrar, de uma vez por todas, o governo da mão dos marginais e dos traficantes de influência?

O lutador e porrador Anderson Silva foi contratado como consultor pelo PT para defender o ministro Fernando Pimentiu.

O Mensalão e o Papai Noel nunca existiram.
JOSEF DIRCEU

Agamenon Mendes Pedreira é jornalista, mas já prescreveu.
18/12/2011

BRASIL: IMPOTÊNCIA MUNDIAL!

Nunca pensei que fosse ver uma coisa dessas na vida, mesmo porque, na minha idade avantajada, não estou mais enxergando direito: o Brasil é a sexta maior economia do mundo e deixou a Inglaterra pra trás. Ficar pra trás é uma coisa normal para os ingleses. Na Inglaterra, o boiolismo e a monarquia são tradicionais. Tudo isso está acontecendo graças à presidenta Dilma Roskoff, uma espécie de Margaret Thatcher de saias. Aliás, depois do sucesso do filme sobre a Dama de Ferro e do fracasso do filme do Lula, Hollywood está pensando em produzir uma superprodução sobre a emocionante vida da Dilma. O cartunista Laerte está cotado para fazer o papel da nossa "cross-presidenta".

Como dizia o Médici, ninguém segura este país! Somos os maiores exportadores de minério, carne, soja e piranhas do mundo! Além do mais, vamos sediar a Copa do Mundo em 2014 e as Olimpíadas em 2016. É mole? É, é mole, sim... Nenhum país do mundo supera o Brasil no atraso para a construção dos estádios e na roubalheira para as licitações. Alguns, mais ingênuos, acreditam que até mesmo a Cidade da Música vai ficar pronta para a Copa de 2014.

Mesmo que os estádios fiquem meio prontos, não tem problema: vai ter meia-entrada pra todo mundo! Jovens de 30 anos, idosos de 45, índios, afrodeficientes... Eu mesmo já comprei duas meias-entradas do meu amigo, o silvícola Cacique Arenê, que me vendeu os seus ingressos subsidiados em troca de um engradado de cerveja, que, aliás, está liberada nos estádios. Esses cartolas da FIFA deviam estar de porre quando decidiram fazer a Copa no Brasil.

Nós, brazuqueiros e brazuqueiras, temos a sorte de viver num paraíso tropical abençoado por Deus e bonito por natureza, onde você pode comprar qualquer coisa parcelada em 1.200 vezes nas Casas Bahiaê e a mini-esfiha do Habib's custa 50 centavos. Infelizmente, o resto do mundo está na maior pindaíba. A Grécia, que foi o berço da civilização ocidental, está em ruínas. O miserê na terra de Platão, de Aristóteles (Onassis) e do saudoso Dr. Sócrates é tão grande que as obras do Partenon estão paralisadas por falta de verba. Portugal também está numa m✎#☠@erda de fazer gosto. As anedotas portuguesas, maior produto de exportação do país, estão sendo substituídas por piadas chinesas, que são muito mais baratas. Hoje em dia, o pobre Joaquim, desempregado, só sente o gostinho de bacalhau quando pratica sexo oral com a Maria.

Mordido pela inveja, o príncipe Harry Potter chegou ao Brasil para conferir o sucesso estrondoso de nossa economia. Desta vez, o príncipe não vem com a sua esposa, a Lady Kate do Zorra Total.

Amiga da natureza e dos bichinhos, Isaura, a minha patroa, agora cismou de criar uma cobra em casa. E o que é pior: essa cobra não faz parte da minha anatomia.

Agamenon Mendes Pedreira foi cotado para substituir Ricardo Teixeira na presidência da CBF, mas foi considerado muito honesto para o cargo.

11/3/2012

RICARDO TEIXEIRA: AI, SE TE PEGAM!

O que está por trás da queda de Ricardo Peixeira, o eterno presidente da CBF (Confederação Brasileira de Falcatruas)? Sem ser eleito por ninguém, o Fidel Castro do futebol brasileiro governou o futebol brasileiro com mão de ferro por mais de 20 anos, desde o tempo em que seu ex-sogro João Havelhange lhe transmitiu o cargo de presidente da CBF (Comissão de Benefício a Familiares). Cargo que, por sua vez, o cartola ancião ocupava desde a chegada de Dom João VI ao Brasil. Como todos sabem, João Havelhão é uma espécie de Oscar Niemeyer do futebol. No século XIX, trouxe a primeira bola para o Brasil. A segunda bola era do inglês Charles Miller.

A pergunta que não quer calar é a seguinte: por que Ricardo Touceira caiu de uma hora pra outra, como se fosse uma manga madura, quase podre, da árvore? Será que Teixeira estava muito acima do peso? Será que a Dilma não achava ele gato?

Ou será que Ricardo Bandeira resolveu tirar o c✲⚡☠u da reta por causa das obras pra Copa do Mundo? Para entender melhor o que estava se passando nesse antro de futebolismo, liguei a cobrar para o meu amigo Toninho Nascimento, editor de esportes de *O Globo*. Sempre por dentro das jogadas, Toninho me confidenciou que Ricardo Traseira saiu por causa de Jerôme Valcke, que disse que o Brasil tinha mais é que "levar um chute na bunda". Magoado com as declarações do "sectário" geral da FIFA, o obeso Ricardo Toupeira resolveu tirar o seu time de campo. Só que, antes de sair, Ricardo Torneira fez questão de deixar na presidência da CBF um malufista de confiança que vai dar prosseguimento a seu trabalho.

Todo mundo fica chocado com o Adriano e o Bruno, que mantêm relações de amizade e compadrio com o pessoal da Band. Da Bandidagem, é claro. Na verdade, esses ingênuos atletas transgressores, coitados, não passam de trombadinhas perto de um dirigente de futebol. E não é só no Brasil que o futebol e a criminalidade andam de mãos dadas, como se fossem um casal homoafetivo. No mundo inteiro, os criminosos mandam e desmandam no esporte mais popular do planeta: a máfia russa controla o futebol inglês, o Berlusconi é dono do Milan e, no Brasil, os cartolas são escolhidos entre os bandidos que mais se destacam nas divisões de base dos presídios.

O Brasil corre o risco de pagar o maior mico mundial de todos os tempos, um King Kong de proporções épicas, se as obras para a Copa não ficarem prontas até 2014. Já pensou se a FIFA transferir a Copa pro Paraguai? Só tem um jeito de resolver essa parada: a presidenta Dilma Roskoff precisa imediatamente aumentar o limite de velocidade do PAC, Programa de Aceleração da Copa, para 200 quilômetros por hora.

Mesmo com o atraso nas obras públicas, a CBF (Confederação Brasileira de Falcatruas) e o governo garantiram que as maquetes dos estádios da Copa vão ficar prontas até 2014.

Agamenon Mendes Pedreira é como todo jornalista esportivo: adora chutar.
18/3/2012

A CUMICHÃO DA VERDADE

Na semana passada o Brasil mostrou ao mundo que é uma democracia adulta e madura, quase podre. A presidenta Dilma Roskoff mandou instaurar a Cumichão da Verdade, que vai investigar os crimes políticos cometidos entre 1946 e 1988. Felizmente estou fora dessa: só cometi crimes dessa natureza antes de 46 e depois de 88. Numa cerimônia ecumênica, estavam ao lado de Dilda Roussef três ex-presidentes e o Lula, que é o atual. A cerimônia teve um forte apelo simbólico. Os presidentes reunidos eram uma representação da grande família brasileira: Dilma é a mãe do PAC, FHC é o pai do Plano Real (a mãe é o Itamar) e o Sarney e o Collor são dois filhos da p⚒✐⚡uta!!!!

Essa Comissão, na verdade, vai investigar os crimes da ditadura de 64, quando os militares tomaram o poder (com PH) e transformaram o Brasil numa imensa Cuba para que o país não virasse uma nação comunista. Bons tempos, aqueles... Nós, jornalistas, apanhávamos tanto e a gente nem sabia por quê. Alguma a gente deve ter feito... Lembro que, certa feita, fomos presos eu, o Zuenir Ventura, o Luis Fernando Verissimo, o Rubem Fonseca e o Ziraldo. Com a nossa chegada, a Vila Militar ficou parecendo a Flip. Enquanto jornalistas miseráveis e esfaimados, estávamos todos pensando que aquilo era mais uma dessas bocas livres de caráter literário tipo 0800, com tudo grátis. Mas não era nada disso.

O pau começou a cantar. Mesmo depois de tortura violenta, Luis Fernando Verissimo, como sempre, não abriu a boca. Passávamos o dia inteiro no pau de arara. Arara era um sargento afrodescendente conhecido por sua enorme e descomunal violência. Isaura, a minha patroa, militante incansável de esquerda, contrabandeava para dentro da cadeia artigos de primeira, segunda e terceira necessidade. Tudo malocado numa parte remota da sua anatomia. Uma vez ela trouxe até um celular, mas não adiantou nada, porque esses telefones ainda não tinham sido inventados nem as telefônicas privatizadas.

Quem também sofreu o diabo na mão dos militares cruéis foi o Paulo Francis. Para passar o tempo, o grande repórter nova-iorquino e eu organizamos uma roda de pôquer com um general boa praça, que não sabia que estava se metendo com perigosos jornalistas. Numa partida emocionante, o pobre militar da linha dura, coitado, acabou perdendo a casa no Grajaú e a esposa numa rodada de fogo em que eu e o Francis ganhamos, cada um com um *four* de ases na mão.

Por trás das grades da masmorra, observávamos os milicos dando duro para a construção do Brasil Grande. Eles passavam o dia inteiro aparando a grama do campo de futebol dos oficiais e caiando as árvores do quartel até a metade. Já estava ficando entediado com aquela rotina de apanhar o dia todo, quando o Jaguar, sempre habilidoso, cavou, com uma colher de chá, um túnel que saía de nossa cela e ia até um botequim perto do quartel. Já respirando os ares da liberdade, combinamos de escapar numa sexta-feira depois do expediente. Mas nosso plano falhou. Assim que chegamos ao boteco, o Jaguar resolveu parar pra tomar a saideira e nós fomos presos de novo. Algum X-9 deve ter nos dedurado.

Mas hoje, felizmente, esse período negro, quer dizer, esse período afrotenebroso de nossa história vai ser desenterrado. Ao contrário da CPI do Cachoeira, a Cumichão da Verdade vai esclarecer tudo, doa a quem doou. Inclusive o esquecido e pornográfico Escândalo da Mandioca, que até hoje está entalado na garganta do brasileiro. A mandioca, não o escândalo.

Depondo na Comissão da Verdade, Agamenon aponta onde ele enterrou a Mulher Melancia.

Essa Comissão da Verdade é de quantos por cento?
CARLINHOS CACHOEIRA

Agamenon Mendes Pedreira ainda luta contra a dentadura.
20/5/2012

O JULGAMENTO DO SÉQUITO

O Brasil é um país injusto e cheio de injustiças. Enquanto nossos atletas "olympikus" estão fazendo a maior força para trazer o ouro pro Brasil, o pessoal do Mensalão, sem fazer força nenhuma, já levou o ouro pra fora do Brasil. E agora o brasileiro, que já não gosta muito de trabalho, não consegue mais sair da frente da televisão. Ou está vendo direto as Olimpíadas no SporTV ou, então, comprou o pay-per-view do Mensalão para assistir ao vivo as melhores jogadas.

O julgamento promete. Promete ser chato. Promete ser maçante. E promete ser insuportável. A televisão deveria fazer com o julgamento do STF (Supremo Tribunal Foderal) a mesma coisa que faz com os filmes de Hollywood e dublar os ministros. Só assim a gente ia entender o que eles falam naquela língua deles, o *ad nauseum*.

Desde quinta-feira, estou acampado na Praça dos Três Poderes, na frente do Supremo Tribunal Federal, numa barraca emprestada pelo pessoal do MST. Mesmo porque *O Globo*, um jornal sempre liberal, não teve verba para pagar a minha estadia num hotel 5 estrelas por conta dos gastos astronômicos com a nova diagramação. E a diária que estão me pagando só dá pra duas refeições: como uma piranha no almoço e, depois, só vou comer outra na hora do jantar.

Agamenon Mendes Pedreira é jornalista togado.
5/8/2012

MILAGRE: JESUS ERA CASADO!

Deus a louca no mundo! Acabam de descobrir um papiro mais antigo do que eu, uma espécie de certidão de casamento expedido num cartório da Gonorreia, quer dizer, Galileia, onde está escrito que Jesus Cristo era casado! Não foram só o Lúcio Mauro e a Fafá que nasceram em Belém. Foi lá que também nasceu o Salvador, que, mais tarde, se tornaria a capital da Bahia. Mais famoso que os Beatles, Cristo veio de baixo, como o Lula. Nasceu numa humilde manjedoura, mas subiu na carreira. Subiu tanto que chegou ao Céu. Na verdade, desde o Código da Vinci eu já desconfiava que Jesus fosse casado... Pobre Jesus! Teve que carregar duas cruzes: uma pela Via Dolorosa em Jerusalém e a outra em casa, aturando Maria Madalena, a sua patroa, buzinando no seu ouvido. Cristo não era católico nem evangélico. Cristo era judeu. E um judeu tradicional: morou com a família até os trinta anos, seguiu a profissão do pai e acreditava que a mãe era virgem.

Se Jesus foi casado mesmo, como será que foi a sua vida conjugal? Será que ele teve filhos? Será que o Salvador tinha que discutir a relação (DR) com a sua patroa? Uma coisa eu posso garantir: não deviam faltar pão, peixe e vinho na casa dos Cristo de Nazaré. A vida sexual do casal também devia ser animada, mesmo porque Jesus sabia como ressuscitar um morto muito antes do advento do Viagra. Como a vida de todo homem casado e pai de família, a de Jesus devia ser um inferno: contas pra pagar, aluguel atrasado, colégio dos filhos, sem falar nos romanos, que não largavam do seu pé. E quando chegava em casa, cansado do serviço, louco pra tomar uma cervejinha e assistir ao seu futebol, Maria Madalena ainda vinha cheia de cobranças. Mesmo porque, depois de tanto tempo na prostituição, a mulher de Cristo nunca perdeu a mania de cobrar.

Mas se até dentro de casa Jesus era perseguido, o negócio ficava pior quando ele saía na rua pra fumar um cigarro. Por causa dos seus milagres, Jesus acabou arruinando o negócio de pães, peixes e vinhos na região, o que despertou o ódio dos comerciantes palestinos e outros povos de nariz grande que também atuavam naquele mercado. Esse ódio mercantilista provocou a divisão do mundo árabe em várias seitas, que além de se odiarem também se detestam mutuamente: sunitas, wahabitas, sukitas, chupitas e os sodomitas.

Porém, não devemos confundir o povo muçulmano com os fanáticos fundamentalistas. Nós, ocidentais, temos uma visão preconceituosa dos seguidores de Maomé. Os islamitas são tidos erroneamente como belicistas violentos, mas, na verdade, o muçulmeca é um sujeito pacífico: um homem pode ter várias mulheres e elas não brigam entre si e não criam conflito, uma coisa impossível de acontecer num lar ocidental cristão! Aliás, eu acho que essa prática islâmica de ter várias mulheres simultaneamente e ao mesmo tempo deveria ser adotada no Ocidente e até mesmo ensinada nas escolas públicas.

Críticos de cinema fundamentalistas da Líbia adoraram o meu filme,
As Aventuras de Agamenon, o Repórter, *que está à venda em DVD e Blue Ray.*

Agamenon Mendes Pedreira, assim como Jesus, também carrega a sua cruz: Isaura, a sua patroa.
20/9/2012

O PT DE ROSEMARY

Hoje eu queria muito escrever sobre o novo técnico da seleção, o atraso das obras da Copa e até mesmo a respeito da campanha "Bota, Dilma!" que está mobilizando os cariocas pelos royalties do pré-KY. Infelizmente, a galera do PT (Partido da Tranca) me obriga mais uma vez a comentar o novo escândalo que envolve pessoas muito próximas ao ex-atual presidente Luísque Inácio Lula da Silva e ao ex-braço direito e dedo esquerdo de Lula, Josef Dirceu. E olha que eu pensei que o super-herói Joaquim Barbosa, o Juiz Morcego, tinha mandado todos os 300 picaretas do PT pra cadeia...

Mas não! Ao contrário do meu cheque especial, a roubalheira no Partido dos Trambiqueiros não conhece limites! Agora tem esse aspone do ex-atual presidente que trocava favores por cirurgias plásticas, cruzeiro com o Bruno e Marrone, TVs de tela plana e vales-transporte. O infeliz chegou até mesmo a trocar uma indicação para um ministério por um vale-refeição. Bons tempos aqueles, em que os corruptos só se vendiam por muito dinheiro...

Mas, pensando bem, essa corrupção furreca e brega dos assessores do Lula tem tudo a ver com o crescimento das classes C e D nos últimos anos. Os bandidos que chegaram agora ao Poder (com PH) são oriundos das camadas mais pobres da sociedade e ainda não aprenderam a roubar com classe e estilo. O governo precisa investir muito mais em educação para que esses picaretas emergentes sejam mais refinados e exigentes na hora de levar um por fora (e por dentro também).

Enquanto as grandes metrópoles do país sofrem com a tragédia dos noias, os viciados em crack, Brasília sofre com o tráfico de influências que come solto na Capital Federal. Nos cantos dos ministérios, nos porões das estatais, debaixo dos viadutos superfaturados, os viciados em verbas, verdadeiros zumbis insaciáveis, não conseguem controlar sua dependência política e saem pelas ruas aterrorizando a população indefesa. Indefesa dos royalties do petróleo!

FIGURAÇA DA SELEÇÃO

Felipão – Ninguém pediu, mas ele voltou assim mesmo. A CBF já escolheu um novo cara pra torcida chamar de burro até a Copa de 2014, que, por conta do atraso das obras, ainda é dúvida. A CBF está parecendo aquele filme *A Volta dos Mortos Vivos*. A começar pelo presidente José do Caixão Maria Marin, que tem mais de 400 anos. Outro que voltou das trevas é o eterno Carlos Alberto Parreira, que vai aterrorizar os jogadores como coordenador técnico da seleção. E o clima de terror que ronda a seleção não para por aí. Dizem que o Maracanã foi construído em cima de um antigo cemitério indígena e foi por isso que o Brasil perdeu a Copa pro Uruguai tragicamente em 1950. Os espíritos dos silvícolas ancestrais estão injuriados e ameaçam sair novamente de suas tumbas se o Museu do Índio for demolido para virar mais uma Igreja Universal.

Agamenon visitou o canteiro do metrô no Leblon e ficou emocionado porque a monumental obra de engenharia lembrou-lhe uma parte remota da anatomia de Isaura, a sua patroa.

Agamenon Mendes Pedreira é jornalista em regime semiaberto.
2/12/2012

NOVOS TIPOS BRASILEIROS

O Brasil está mudando e, felizmente, não é pra Venezuela. Antigamente os livros escolares mostravam os tipos típicos brasileiros: o boiadeiro do sertão, o caboclo da Amazônia, o gaúcho da fronteira, a baiana do acarajé, e tudo isso sem falar do mitológico seringueiro, figura solitária, que passava a vida embrenhado no meio do mato tirando leite do pau.

Mas isso é coisa do passado que ficou pra outrora... Hoje a cultura brasileira está representada por novos tipos regionais que substituíram essas antigas figuras obsoletas. Por exemplo, hoje em dia temos a Mocreia de Ministério, que habita o cerrado do Planalto Central e a presidência de estatais. Horríveis criaturas que amedrontam as crianças e os empresários pidões, as Mocreias de Ministério se caracterizam por seu mau humor e penteado permanente e passam o dia inteiro dando esporro nos seus subordinados. Por incrível que pareça, as Mocreias de Ministério conseguem se reproduzir. Tem que ser muito macho para encarar essas criaturas que só pensam em poder. Poder sem PH.

Outro tipo característico do *zeitgeist* brasileiro contemporâneo é a Periguete do PT. No século passado, nas animadas festinhas do partido, essas criaturas ainda davam um caldo e eram famosas por sua militância, hábeis nos piquetes e na boca de urna. Por serem contra o capitalismo, as Periguetes do PT socializavam seus meios de reprodução com as lideranças do partido. Mulheres de visão, as Periguetes do PT conquistaram a simpatia dos petistas que iriam comandar o país no futuro e acabaram abocanhando outras coisas como chefias de presidência, viagens internacionais e cargos com comichão.

Mais um tipo característico do Brasil atual é o X-9 das Gerais, que só mesmo Guimarães Prosa seria capaz de descrever num novo livro, *Grande Sertão: Mutretas*. Esse novo tipo de mineiro, em vez de procurar pepitas de ouro e extrair diamantes dos córregos, prefere garimpar em partidos políticos, agências de publicidade e verbas públicas. Tipo matreiro e desconfiado, o X-9, quando se vê acuado no mato sem cachorro, acaba entregando todo mundo, sempre usando a sua infinita sabedoria popular: "Um dia é da caça, o outro é do delator".

Sem querer fazer juízo, atualmente só um novo tipo brasileiro está empolgando os brasileiros: o Juiz do Pastoreio. Figura mítica de origem sofrida, até hoje sofre de dor nas costas. Destemido e justiceiro, o Juiz do Pastoreio é o terror dos senhores de partido e dos sanguinários capatazes corruptos. Muitos não acreditavam no Juiz do Pastoreio: achavam que ele era uma lenda, coisa do imaginário. Só não imaginavam que o Juiz do Pastoreio, com sua dosimetria avantajada, fosse meter mais de 20 anos de cadeia na galera do Mensalão.

O Jangadeiro Nordestino é outro tipo brasileiro que desapareceu. Em compensação, foi substituído pelo Pescador de Tretas. A treta é um peixe de rio. De Rio, de São Paulo, de Brasília...

Agamenon Mendes Pedreira é antropófago e cientista louco social.
16/12/2012

FIGURAÇA DE BRASÍLIA

Luís Indício Lula da Silva – Ele é o Homem que Não Sabia Demais. Sempre o último a saber, Luís Inácio Mula da Silva é uma espécie de corno político e está sempre levando bola nas costas e sendo passado pra trás. Mas depois que o Lula se aliou ao Maluf, a Polícia Federal, desconfiada, resolveu investigar o ex-atual presidente a fundo, e o que é pior: sem o seu consentimento. Como se não bastasse o escândalo da periguete de gabinete Rosemary, Lula está sofrendo uma nova denúncia, para desespero da base enrolada do governo. Dessa vez a acusação vem pelo dedo nervoso de Marcos Valério, que dedurou o ex-atual presidente no Estadão. E não é só esse dedo, não. Ouvi dizer que a revista *Veja* conseguiu uma entrevista com o dedo decepado de Lula que ele alega ter perdido, junto com o guarda-chuva, num táxi em São Bernardo. Na verdade, o dedo foi afastado por discordar da política petista de meter a mão. Por causa disso, o mindinho lulista viveu até hoje escondido e isolado de todos numa fazenda do Mato Grosso e agora resolveu contar tudo que viveu durante a sua convivência com o ex-líder sindical. Segundo o ex-dedo, Lula, sempre autoritário, o obrigava a tirar meleca do nariz, cera do ouvido e coçar partes remotas de sua anatomia. E ainda cheirava depois.

A MÃO DE DEUS

Entrou água no chope da torcida brasileira! O país inteiro já estava dando como certa a vitória do Arcebispo de São Paulo, Dom Odilo Scherer, o Xuxa, que ia ser eleito o primeiro Papa brasileiro. Essa estava no papo, quer dizer, no papa. O papa, assim como o petróleo, também ia ser nosso! A presidenta Dilma Roskoff disse até que ia lançar em rede nacional o programa social Meu Primeiro Papa. O Sumo Pontífice tupiniquim também prometeu fazer um show na Baixada com o Naldo e dizem até que Sua Santidade prometeu aparecer no *Esquenta* da Regina Casé, em que ia cantar um samba com o Arlindo Cruz, seu sambista preferido, talvez por causa da cruz.

Mas o ufanismo patrioteiro foi por água abaixo quando a fumaça branca saiu pela chaminé na Praça São Pedro e o mundo ficou sabendo que o próximo papa é argentino! Todos os teólogos da GloboNews erraram feio e voltaram para os seus mosteiros com o rabo entre as pernas, porque, contrariando as apostas, os cardeais elegeram Jorge Mario Lobo Zagallo Beroglio, o papa Francisco.

Ao contrário de seu antecessor, o antipático e arrogante Adolf Ratzinger, o Bento XVI cm, esse novo papa argentino promete. Ex-arcebispo de Búzios, o novo papa, o Beiroglio, ficou conhecido no famoso balneário platino por seu trabalho episcopau, quer dizer, episcopal. A eleição de Francisco levou ao delírio os católicos da América do Sul, já que, pela primeira vez, a Igreja tem um pontífice sul-americano. Assim que chegou à sacada do Vaticano, o primeiro Papa latino cantou *Festa no Apê* para os milhares de fiéis que se amontoavam na Praça São Pedro para tirar uma foto com a Patrícia Poeta.

E, para desgosto dos brasileiros, os nossos detestados hermanos argentinos agora têm mais um motivo para tirar onda com a nossa cara. Argentino de raiz, o papa é peronista, e o povo argentinho, como sempre, foi às ruas fazer um panelaço e saudar a sua eleição, que, ao contrário do gol de mão do Maradona, não foi roubada.

Os vaticanistas da GloboNews, que não dão uma dentro, agora estão dizendo que o papa Beirola, quer dizer, Beroglio vai ser um papa progressista, inclusive a favor do aborto no casamento gay. Ora, pra mim, papa progressista é igual a cabeça de bacalhau: eu nunca vi! Ou o sujeito é papa ou é progressista. E por falar em papas de esquerda, quem não se conforma com eleição do argentino é o ex-atual presidente em exercício, Luís Santo Inácio Lula da Silva. Lula achava que mesmo sem participar do conclave ia ser eleito o novo papa. E tinha até escolhido o seu nome: Luís 51, uma boa ideia.

AGAMENON ENTREVISTA COM EXCLUSIVIDADE O PAPA CHICO

AGAMENON: Vossa Santidade, como o senhor gostaria de ser chamado? Papa Chico?
PAPA: Si, papo, mas depende del chico...

AGAMENON: Que mensagem Vossa Santidade manda para os pedófilos da Igreja?
PAPA: La carne es fraca...

AGAMENON: Pelé ou Maradona?
PAPA: Messi!

AGAMENON: Papa Chico, qual é o seu prato preferido?
PAPA: Como todo argentino, yo me amarro em um churrasco, mas só se for com papas fritas, rs, rs, rs...

AGAMENON: Vossa Santidade, com escândalos no Vaticano, o senhor não acha que está com um pepino nas mãos?
PAPA: Tudo bien, é de menino que se torce el pepino...

AGAMENON: E quais são os seus planos para sua carreira? Cinema, teatro ou televisão?

PAPA: Yo pretendo fazer um filme sobre la mia vida e já convidei el actor Ricardo Darín, o Gérard Depardieu argentino, para interpretar o papel de mi mesmo.

AGAMENON: Uma última pergunta: depois que o seu papado acabar, o senhor pretende virar santo?

PAPA: Habla sério, Agamenon! Usted já viu algum argentino santo?

O ex-papa alemão Adolf XVI ficou espantado com a eleição de um papa argentino e declarou que os cardeais só podiam estar de porre.

Agamenon Mendes Pedreira estudou no colégio jesuíta Santo Inácio de Boyola.

17/3/2013

ELA É DO BABADO!

Só se fala noutra coisa! Num gesto ousado de coragem, a cantora Daniela Marketing revelou ao Brasil que estava casada com uma mulher do mesmo sexo! Ora, eu também sou casado com uma mulher do sexo feminino, a Isaura, a minha patroa, e ninguém fala nada! Daniela, assim como outras celebridades, está aproveitando para sair do armário (quer dizer, sair do closet) e protestar contra o pastor José Miliciano, quer dizer, José Feliciânus. O presidente da Comissão de Direitos Humanos é atualmente o sujeito que fala mais bobagem no Brasil, e olha que isso é muito difícil, porque a concorrência é grande! O pastor cego José Feliciano agora resolveu dizer que John Lennon foi assassinado e os Mamonas Assassinas morreram num acidente aéreo porque falaram mal de Deus. Eu acho que esse pastor está indo longe demais! Por que é que o Caetano, o Jean Willys e o Capitão Nascimento não pegam esse camarada e dão uma surra nele para acabar com essas declarações violentas e preconceituosas?

Ao assumir a sua condição de cantora eclésbica, Dachinela Mercury acaba de inaugurar mais um ritmo baiano: a sapataxé music. E ela não vai parar por aí! No próximo carnaval, a cantora pretende introduzir várias novidades musicais, como o samba-aranheggae, a lambida e o axéreca. Sempre empreendedora, Sapatela Mercury também vai patrocinar o afoxota Filhas da Glande, além de apresentar uma nova banda, a Chiclete sem Banana.

O Brasil não é mais aquele país careta e conservador do passado, aliás, nunca foi. Hoje em dia, as pessoas não têm o menor pudor de expor as suas preferências sexuais. Veja o caso do cartunista Laerte, que depois de muitos anos resolveu assumir que era transgênero e seu sonho era se vestir de Dona Ruth Cardoso. Também temos o caso da filha da Gretchen, que desde jovem mostrou suas tendências fanchonistas, mesmo sem ser cantora de MPB (Música da Periquita Bonitinha). Outro caso notório de *outing* é o da top model Lea T, a filha do Toninho Cerezo, que, num gesto de caridade, resolveu extirpar o próprio pênis e doá-lo para os famintos da África. Por ser filho(a) do bem-dotado jogador brasileiro, dizem que essa parte inútil do ex-travesti deu para alimentar mais de 100 famílias da Somália por vários meses.

Mas o que só eu, Agamenon Mendes Pedreira, sei é que, em breve, mais uma celebridade famosa vai sair do armário: a presidenta Dilma Roskoff irá ao ar em cadeia nacional para revelar a todo o mundo que é mulher!

Aproveitando a onda de neoliberalismo sexual no Brasil, a inflação também resolveu sair do armário. Indignado, o Ministro Guido Manteiga botou a culpa no tomate, no quiabo cru e no damasco seco.

Agamenon Mendes Pedreira não é cantora de axé, mas também gosta de mulher.
14/4/2013

INFLAÇÃO – O RETORNO!

Ao contrário do meu bilau, a inflação e o dólar não param de subir. Enquanto isso, o nosso PIB (Produto Ínfimo Bruto) continua ridículo, menor até que o mal dotado PIB japonês, que é motivo de galhofa na comunidade financeira internacional. A presidente Dilma Roskoff, solteira há muito tempo, nem se lembra mais do tamanho de um PIB avantajado, de responsa, tipo aqueles da Nigéria, de Angola ou da África do Sul. A mulher, quando está carente, na seca, fica satisfeita com qualquer miserinha de Pibinho... Enquanto os empresário botam a boca no trombone por causa da inflação, Dilma continua fazendo ouvidos de Mercadante. A presidenta, talvez inspirada nas cenas picantes (com muito trocadilho, por favor) de sodomia do filme *O Último Tango em Paris*, pretende continuar usando o sobrenome do Ministro da Fazenda* para tornar mais suaves as medidas duras que os brasileiros vão ter que entubar.

Se a coisa já está ruim, imagine na Copa. Do jeito que a coisa vai, a situação do Brasil vai ficar pior que a minha. Como todos os meus 17 internautas e meio estão cansados de saber, eu, que já não ganhava nada no *Globo*, agora, depois que fui sumariamente convidado a sair, estou ganhando menos ainda. E, ao contrário da presidenta, fui obrigado a fazer cortes dramáticos no meu orçamento. Tive que cortar na carne! Até mesmo os gêneros de primeira necessidade que fazem parte da minha cesta básica eu parei de consumir: garotas de programa, massagistas relax, casas de swing, termas e motéis.

---

* Guido Manteiga Extra Sem Sal.

Quem tem amigo não se aperta. Mesmo sem grana para comprar carne, graças aos meus compadres da Comissão da Verdade, sempre pinta um osso para eu colocar na sopa.

Apertem os cintos, a inflação subiu!
GUIDO MANTEIGA, MINISTRO SEM SAL

FIGURAÇA DA INGLATERRA

Margaret Thatcher – A Dama de Ferro foi uma mulher polêmica: muitos a odiavam enquanto outros queriam ver a sua caveira. Autoritária, mandona e sem papas na língua, Thatcher governou a Inglaterra com mão de ferro e outras partes mais rígidas de sua anatomia também. Enfrentou e derrotou a greve dos mineiros comandada por Tancredo Neves, Carlos Drummond de Andrade e Ziraldo. Apesar de não ser cantora de MPB, Margareth Thatcher era mulher macho, sim, senhor. Quando a ditadura argentina resolveu invadir as Ilhas Falklands como se fosse o MST, Thatcher não deixou por menos. Veio pessoalmente com a marinha inglesa retomar as minúsculas olhotas, quer dizer, ilhotas, matou a cobra e mostrou o pau. Ao verem o tamanho de seu poder, os militares argentinos, humilhados, botaram o rabo entre as pernas e bateram em retirada. Adepta fervorosa do neoliberalismo assassino, Thatcher privatizou tudo na Inglaterra: o Big Ben, a Torre de Londres, o Museu de Cera Madame Tussauds, a BBC e até o príncipe Charles.

Agamenon Mendes Pedreira é modelo do Sebastião Salgado.
16/7/2013

COMÉDIA NINJA

Só se fala noutra coisa: do Oiapoque a Marilena Chauí, o grande assunto do momento são os Black Blocs, os mascarados vestidos de preto que infestam as manifestações no Brasil. Quem são? O que pensam? O que querem essas criaturas encapuzadas que tocam o terror nas ruas e apavoram o governo e as criancinhas?

Até mesmo o decano da MPB Caetano Velhoso se rendeu ao charme desses revoltados sem causa e acabou vestindo a máscara dos Black Blocs, o que, aliás, não estranhei, porque o Caetano sempre foi mascarado.

Detestados por alguns, odiados por outros e execrados por todo mundo, os Black Blocs são polêmicos e estão sempre metidos em alguma confusão. Muitos vândalos acham que os Black Blocs não passam de baderneiros que só querem instaurar o caos e derrubar o sistema. Até aí, tudo bem.

Por serem contra o capitalismo financeiro, os mascarados anarquistas adoram quebrar bancos, mas se amarram mesmo em destruir orelhões, esses aparelhos telefônicos imperialistas que oprimem o povo sofrido e maltratado. Os Black Blocs também gostam de xingar de cabeça de mamão os PMs, que, em represália aos insultos, tacam bombas de efeito moral e ético em cima deles.

11/9/2013

ENTREGA INTERNACIONAL

Aproveitando a crise diplomática com os Estados Unidos, o atual presidente brasileiro, o marqueteiro João Sacanna, já criou uma nova campanha publicitária para a Dilma, em que ela faz o papel de vítima, Obama faz o papel de otário e nós, o povão das "crasses" C e D, como sempre, fazemos papel de palhaços. Dilmão Roussef ficou muito p#@uta da vida porque os espiões americanos gravaram suas conversas. Ora, desde quando a nossa presidenta conversa com alguém? A Dilma dá esporro, manda, grita, joga coisas em cima das pessoas, mas conversar ninguém nunca viu. O pior não é isso: será que a NSA (National Scrotidity Agency) tem fotos da presidenta pelada que, se caírem na internet, podem traumatizar os internautas para sempre?

Todo mundo espiona todo mundo! Eu mesmo, quando era pequeno, espionava minha mãe pelo buraco da fechadura e via as safadezas que a velha aprontava. A maior sacanagem de todas era tirar dinheiro escondido da carteira do meu pai. Hoje espiono a Isaura, a minha patroa, pra ver se a insaciável criatura está andando na linha. A última vez que a Isaura, a minha patroa, andou na linha, um trem da Central só não pegou porque estava atrasado. Apesar de os espiões americanos me garantirem que ela é uma mulher direita, ando com pulga atrás da orelha. Instalei uma câmera secreta dentro de nosso quarto para ver se a Isaura, a minha patroa, estava me passando pra trás. Para meu alívio, ao conferir as fitas, constatei que a Isaura estava passando pra trás o rapaz da NET. E bem pra trás!

O Brasil devia parar com esse chororô de falar mal da espionagem alheia dos outros. O Brasil precisa modernizar o seu serviço de espionagem, aposentar de uma vez o velho araponga trapalhão, o Mister ABIN e criar um novo espião gratuito: o agente 0800!

Agora que estou no miserê, vivo da caça de animais silvestres e da coleta de vegetais de duplo sentido. Para aplacar a fome insaciável da Isaura, a minha patroa, todo dia tenho que levar um carregamento de mandioca pra casa.

Travesti de amigo meu pra mim é homem.
LAERTE, CROSS-CARTUNISTA

Agamenon Mendes Pedreira é jornalista de época.
4/8/2013

PROCURE SABESTA

E continua o debate-boca entre a tropa de elite da MPB (Muito Pouca Biografia) e os defensores da liberdade de expressão. Agora quem entrou na polêmica foi o decano Chico Barraco de Hollanda. Chico Buraque juntou-se ao Rei Rouberto Carlos, que não quer exibir ao público o que tem na sua privada, quer dizer, na sua vida privada. Eu preferia o tempo em que o genial compositor de *Apesar do PT* e *Cale-se* só pisava na bola quando jogava pelo seu personal time, o Polytheama.

Alguma coisa existe por trás desses artistas que não querem expor suas vidas privadas. Será que eles têm o rabo preso? Ou será o contrário: será que eles têm o rabo solto? O que foi que aconteceu nos anos loucos da Tropicália, na década de Se Senta? O que esses artistas querem esconder? Será que é a mesma coisa que eles escondiam na época?

Me lembro como se fosse hoje do famoso Solar Fossa, onde moravam Caetano, Gal, Gil e outros baianos que tinham chegado há pouco de fora (com trocadilho, por favor). Eu morei lá e dividia um minúsculo apartamento com o escritor de autobiografias, Ruy Mastro. Por causa de seu sobrenome avantajado, os baianos faziam fila no nosso apê para expor suas intimidades cabeludas ao Ruy, que anotava tudo num caderninho. Eu me lembro de tudo em detalhes, de Roberto e Erasmo Carlos. E estou disposto a cercear a minha liberdade de expressão caso os artistas do Procure Sabesta façam um generoso depósito de direitos autorais na minha conta bancária.

Todo homem tem seu preço. E aproveitem que eu estou em promoção.

AGAMENON MENDES PEDREIRA

FIGURAÇA DA MPB

Segundo os ativistas do Procure Sabesta, os escritores, editores e livreiros ficaram milionários escrevendo biografias caluniosas dos artistas. Mas a verdade é que o Drummond está ganhando mais dinheiro como estátua de rua do que quando era escritor.

Vinicius de Moraes – No dia 19, o meu personal amigo, o Punhetinha, estaria completando 100 anos. Vinicius não ia gostar muito de completar 100 anos porque, como todo mundo sabe, sempre preferiu 12 anos. Revelarei aqui aos meus 17 seguidores e meio (não se esqueçam do anão) as fofocas autobiográficas sensacionalistas que vivi ao lado do grande poeta e compositor. Revolucionário, Vinicius foi o único diplomata macho do Brasil. Sempre atrás de um rabo de saia (e sem saia também), Vinicus Imorais casou-se mais vezes que o Chico Anysio e bebeu mais que o Carlos Cachaça, um sambista que fazia jus ao seu sobrenome. Uma vez eu, o Vinicius, o Niemeyer, o Antonio Maria e a Elizeth Cardoso nos reunimos na *garçonnière* do Juscelino para fazer uma suruba em homenagem ao Pixinguinha. Infelizmente, não poderei revelar aqui os detalhes picantes (e bucetantes!) dessa bacanal histórica, porque posso ser processado pela galera do Procure Sabesta. Para homenagear o grande poeta e letrista da Bossa Nova, a prefeitura da cidade mudou o nome da Rua Montenegro (que era uma homenagem ao Ibope), que passou a se chamar Vinicius de Moraes. É uma pena que o grande Vinicius não teve a mesma sorte de Drummond, Zózimo e Millôr Fernandes, que viraram estátua de rua em Ipanema e hoje ganham a vida tirando fotos com turistas.

Agamenon Mendes Pedreira é autobiógrafo de si mesmo.
17/10/2013

EIKE LOUCURA!

Estava eu andando pela Rua da Amargura (onde agora fica estacionado o meu Dodge Dart 73 enferrujado) com uns mendigos blogueiros amigos meus, quando avistei a presença de um personagem raro nesta minha caída vizinhança: o milionário falido Paneike Batista empurrando a sua reluzente Ferrari. O infeliz, que não tem mais grana para abastecer o seu veloz bólido, me pediu encarecidamente para estacionar a Ferrari ao lado da minha residência imóvel automotiva.

– Assim eu não tenho mais que pagar IPVA, só o IPTU... – confessou o grande empreendedor, com lágrimas de crocodilo nos olhos.

Pobre Eike, quer dizer, milionário Eike... Aquele que já foi um dos sujeitos mais ricos do mundo hoje é um dos mais micos do mundo! Cheke Batista, coitado, está no fundo do poço, e o que é pior: foi ele mesmo que furou o poço (com dinheiro do BNDES, é claro) e não encontrou nada lá dentro. Por ter feito sua megalomaníaca fortuna com os minérios, o empresário, ironicamente, acabou levando ferro. Ferro, bauxita e manganês.

Sempre pensei que o Nike Batista fosse um homem de sorte, desses que nasceram com o símbolo químico do cobre voltado pra Luma, sua ex-posa que, depois, ele acabou trocando por outra mina. Homem do bem (bem rico e bem milionário), Sheike Batista resolveu um dia despoluir a lagoa Fedida de Freitas. Depois que o Eike botou uma grana na lagoa, os peixes do famoso cartão bostal do Rio de Janeiro passaram a ter uma vida tão boa (comparável à vida dos arenques, hadoques e bacalhaus escandinavos) que entraram em depressão profunda e resolveram se matar.

Compadecido com a pobretude repentina do homem que já foi capa da revista Fodes, convidei o Eike Autista para comer uma coisa lá em casa, no caso, a famosa rabada da Isaura, a minha patroa. Faminto, o esganado empresário caiu de boca naquelas carnes gordurosas e chupou o osso até fazer bico. Mesmo na pior, Eike me revelou que está cheio de planos para enfrentar a sua nova condição social, já que deixou de ser bilionário e agora, como todo rico no Brasil, vai ser de classe média alta. Ele pretende se inscrever no Fome Zero e no Bolsa Família e até já arrumou um cartão Minha Casa Melhor com a Regina Casé. Em seguida, Eike vai levar sua Ferrari no *Lata Velha* do Luciano Huck e abrir uma rede de carrocinhas do Angu do Gomes nos poços do pré-sal. O falido empreendedor vitorioso só tem uma preocupação: que o seu filho Thor não vá pra Febem.

Como a vaca foi pro brejo, o vitorioso empresário falido Eike Estatista pretende agora investir na pecuária.

Agamenon Mendes Pedreira está organizando a campanha Eike Esperança para tirar o empresário do miserê.

31/10/2013

EDITORIAL
O ERREI ROBERTO CARLOS

Apesar de ser um grande fã do autor de Ereções e astro do filme *Roberto Carlos em Ritmo de Censura*, não concordei com a apreensão do livro de Paulo César de Araújo, o Caju. Além de proibir a obra, o maior censor romântico do Brasil apreendeu todos os exemplares, reciclou e os transformou em livros do Paulo Coelho. Segundo a imprensa, o Rei não gostou de algumas passagens da biografia não autorizada, principalmente dos tempos da Jovem Guarda. Segundo o autor do livro proibido, naquela época o jovem e fogoso Erroberto Carlos teria comido muitas mulheres e, por causa disso, acabou pegando uma Wanderléa. Mas o que deixou o cantor de Mamada Mamante muito injuriado da vida foi a insinuação de que ele não sabe jogar futebol e sempre foi um perna de pau. Eu vou dar um TOC no Rei: "Olha, bicho, eu sei que tu não gosta de marrom, mas esse lance de censurar as biografias foi a maior c#@!agada".

O FBI é a favor da espionagem não autorizada e mandou seus agentes secretos descobrirem onde está o dedo de Lula e a perna de Roberto Carlos.

Agamenon Mendes Pedreira é jornalista não autorizado.

6/11/2013

EM CADEIA NACIONAL

A Justiça farda, mas não talha! Nesta semana o Brasil viveu um momento histérico, quer dizer, histórico! Numa decisão dura e latejante, o STF (Supremo Tribunal de Frango), de goleada, condenou os mensaleiros do PT (Partido da Tranca) à cadeia. Eu não sei por que os apenados petistas não querem pagar sua etapa no regime fechado: o que esses caras mais gostam é de regime fechado. Todos foram condenados por corrupção e peculato, com exceção de Jacinto Lamas, que foi sentenciado por trocadilho inafiançável.

Como sempre, quem votou a favor do PT (Partido Trapaceiro) foram os juízes Ricardo Lewandowski Um Por Fora e José Dias PToffoli. Só agora é que eu entendi por que o Lula escolheu o ministro Recado Lewandowski pro STF (Somos Todos Famiglia). Ele se confundiu na hora de ler o nome do magistrado e achou que era Levandowhisky, coisa que muito lhe interessa. Lula, sempre bem-humorado, em solidariedade aos seus bons companheiros, prometeu entrar na cana também, mas só durante o feriado.

A verdade é que, desde que começou o julgamento do Mensalão, o STF (Supremo Tribunal da Fama) está cada vez mais pop. O povão agora está dando palpite sobre os julgamentos como se fossem novelas da Globo ou partidas de futebol. O ministro Joaquim Ruy Barbosa é considerado um gato e já virou um símbolo sexual. O afromeritíssimo até já foi convidado para posar nu (mas de toga) para a revista Playbofe. As ministras Rosa Weber e Carmen Lúcia vão lançar uma linha completa de produtos de beleza, e o ministro Marco Aurélio Collor de Mello foi sondado por uma fábrica de brinquedos que quer fazer um bonequinho com a sua cara (mas de toga).

Contra tudo e contratados, o Supremo provou de forma cabal que no Brasil não é só ladrão de galinha que é condenado. A partir de agora, não vão ser só os pretos e pobres (ou quem acumule as duas qualidades) que vão pra cadeia. O Brasil vai mudar, nem que seja pro Equador! Siga o meu raciocínio: com medo da Justiça, agora os políticos desonestos e empreiteiros superfaturadores vão ter que pensar duas vezes antes de roubar. Vão continuar roubando, mas pelo menos vão pensar duas vezes.

FIGURAÇA DO SUPREMO

Joaquim Barbosa – Só uma figura pode acabar com a corrupção no país. Um super-herói de toga e mascarado, o magistrado Joaquim Barbosão, o Juiz Morcego. No seu histórico discurso de posse, o herói togado prometeu acabar com o preconceito e prender todos os bandidos que aterrorizem a população, a começar pelo Coringa, o Charada, o Pinguim, o Rei Tut e o Zé Dirceu. O Brasil mudou. Antes de Joaquim Barbosafro, os negros só entravam no STF pra serem condenados ou fazerem a faxina.

Agora o Josef Dirceu vai ver o PSOL nascer quadrado.
ROUBERTO JEFFERSON

O condenado Josef Dirceu, enquanto estiver pagando a sua etapa no Tatuapé, pretende virar evangélico e organizar o PCC, Partido Comunista da Capital.

Agamenon Mendes Pedreira é casado em regime semiaberto com Isaura, a sua patroa.
14/11/2013

É FRIBOI?

E ainda dizem que não existe injustiça no Brasil! Veja só o caso do mensaleiro apenado Josef Dirceu: acabou de descolar um trabalho com salário de 20 mil reais num hotel de Brasília! E eu já sei qual é o emprego que o ex-Todo-Phoderoso do PT (Partido da Tranca) arrumou: ele vai trabalhar de hóspede. E o José InGenoíno, que alegou estar em condição de pré-infarto há mais de uma semana? Ora, ficar pré-infartado é igual a ficar pré-grávido, coisa de que, aliás, todo presidiário brasileiro corre o risco permanente. Como todo mundo sabe, no sistema prisional brasileiro, a única lei que vale é a Lei da Selva: matou, tem que comer. Mas amanhã a gente troca.

Todos os meus 17 seguidores e meio (não se esqueça do anão) sabem que estou pagando uma etapa junto com a turma do Mensalão aqui na Papuda. Eu não tenho do que me queixar: não gasto mais dinheiro com moradia nem com comida. Por falar em comida, a comida da cadeia é uma bosta. Uma bosta, não: pra comida ficar uma bosta ainda precisa melhorar muito! Graças a Deus, a Mulher Melancia, que é militante do PT, nos faz visitas íntimas guiadas toda semana. A visita tem que ser guiada porque, muitas vezes, o presidiário se perdia na imensidão da volumosa mulher--fruta semiaberta.

Mas, voltando ao Zé Dirceu, o que ele vai fazer trabalhando num hotel em Brasília? Ora, com certeza vai arrumar garotas de programa pros hóspedes, coisa que ele aprendeu em Cuba. Em Cuba se pode comer uma professora universitária com um desodorante BAN e, por um tênis Adidas, o próprio Fidel Castro.

O ator pornô Kid Bengala, que é militante do PT (Partido da Tranca), disse que gostaria de fazer uma visita íntima aos mensaleiros da Papuda. Mas, até agora, nenhum dos apenados teve coragem de receber o avantajado astro erótico.

Agamenon Mendes Pedreira está na cadeia de Papuda pro ar.
27/11/2013

ROUBOCOPA

Estreou nesta semana o filme *Roubocopa*, de José Padilha, o diretor da pornochanchada policial *Troca-Troca de Elite 2*. *Roubocopa* é um *remake* e todo mundo já sabe como o filme acaba: ninguém vai preso! Misturando ação e corrupção, *Roubocopa* conta a história de um robô cibernético que é criado para substituir os políticos ineficientes que não sabem roubar direito e acabam sendo presos ou denunciados pela imprensa golpista.

A megalomaníaca produção da Odebrecht Goldwin Mayer custou mais de 200 bilhões de dólares, a maioria desviados da construção dos estádios da Copa no Brasil. A crítica ficou dividida, mas, depois que o Roubocopa molhou a mão dos que não gostaram, os elogios foram unânimes.

Apesar de não ter assistido ao filme (para não influenciar a minha crítica isenta e imparcial), agora vou fazer um *spoiler* para sacanear os meus 17 seguidores e meio (não se esqueça que o Nelson Ned morreu, mas continua vivo no meu coração). *Roubocopa* conta a história do Capitão Nascimento, que, depois de ser metralhado pelas milícias, deu entrada num hospital do SUS. Ao examinar o corpo do herói cravejado de balas, a junta médica rapidamente deu o diagnóstico:

– Ih, deu ruim!

O pobre Capitão Nascimento estava mais morto do que a oposição brasileira e o meu bilau. Mas graças aos avanços da medicina (principalmente em direção ao bolso dos pacientes), o heroico militar foi salvo. Mas os médicos foram cautelosos e avisaram a família:

– Do jeito que tá, ser humano não dá pra ele ser mais... O máximo que a gente consegue é transformar ele num político.

O final da história todo mundo já sabe: Roubocopa se transformou numa máquina de roubar: se mudou para Brasília, se elegeu deputado da base aliada, casou com uma piranha que trabalha no Ministério da Pesca e os dois foram felizes para sempre!

Agamenon Mendes Pedreira é cronista crônico.
20/2/2014

ESSA CARNE SOU EU!

O maior censor romântico do Brasil ataca outra vez! E dessa vez o Rei resolveu atacar um suculento bife no comercial da Friboi. Invejosos pobres (como eu) acham que Rouberto Carlos ganhou o maior cachê do Brasil de todos os tempos e o pagamento teve que ser em espécie. E foi a maior boiada, quer dizer, a maior bolada. Roberto Carlos afirmou que, além de deixar o vegetarianismo de lado, também já tem uma nova mania, uma síndrome de fundo nervoso (mais de fundo que nervoso): o TOC, Transtorno Obsessivo Carnívoro. O Rei da Velha Guarda não é mais vegano, agora é carnegano.

Ao saber dessa novidade gastroeconômica, resolvi dar um pulo na Urca, onde mora o Rei, e convidar o meu amigo pessoal, o Rei, para cair de boca numas carnes. Sempre hospitaleiro, Roberto me recebeu com quatro pedras na mão no seu luxuoso apê, todo pintado de verde, inspirado nos dólares que ele recebeu da Friboi. Dali embicamos em direção às Termas Centaurus, em Ipanema, onde nos aguardava uma xavascada, quer dizer, uma churrascada. Sempre preocupado com sua imagem, Erroberto me pediu para não incluir o episódio na sua autobiografia não autorizada que eu estou escrevendo, e ele, censurando.

Assim que o Rei adentrou a famosa sauna de tolerância, as atendentes da casa fizeram fila para pegar um autógrafo e pagar um bolagato, o famoso *ball cat*, tão apreciado pelos gringos no carnaval. Imediatamente, as garotas começaram a oferecer suas carnes numa sucessão frenética e, o que é melhor, no sistema rodízio. Lombos, picanhas, chuletas, linguiças (tinha um travesti na bagunça...), maminhas e outros cortes de duplo sentido foram servidos e o Rei se fartou. Mas antes fez questão de verificar se tudo era Friboi. Roberto só não aceitou cupim, com medo de danificar uma parte de sua anatomia.

O pudor e a decência me impedem de relatar a carnificina que rolou depois que o compositor de Acém do Horizonte resolveu tirar o atraso. Mas como sou um repórter investigativo, curioso e abelhudo, perguntei às garotas de churrasco como elas avaliaram o desempenho de Rouberto Carlos. Todas foram unânimes: o Rei está bem passado.

A carne é fraca, mas o cachê é forte!
ROUBERTO CARLOS

Eu dou um Friboi pra não entrar numa briga
mas dou uma bolada pra sair.

Agamenon Mendes Pedreira é carnívoro de fim de semana.
27/2/2014

A COISA TÁ FEIA!

O Brasil assiste atualmente a um filme de horror estrelado por Dilma Karloff, DesGraça Foster e o pavoroso Nestor Cerveró, o Diretor da Petrobras de Notre Dame. Todo dia, na hora do *Jornal Nacional*, esses horripilantes personagens espalham o terror e tiram o sono das crianças e do contribuinte brasileiro. Hollywood já está de olho nos três astros, porque nunca houve uma atuação tão maléfica e arrasadora em toda a história do cinema e da indústria petrolífera. A presidenta da Petrobras, que continua apavorando os investidores e acionistas da empresa, já prometeu que vai fazer uma plástica para acalmar o mercado. Para melhorar a sua imagem, "Graça" Foster também vai ao programa da Ana Maria Braga para ensinar receitas de poções mágicas no seu caldeirão. E para dar um exemplo de economia de combustível, "Graça" Foster faz questão de ir todo dia de vassoura pro trabalho, dispensando inclusive o motorista.

Quem também está envolvido nessa trama macabra é o Diretor de Relações Desumanas da Petrobras, Jason Krueger, que protagonizou o famoso *thriller* de horror *Eu Sei o Que Vocês Fizeram no Governo Passado*. Se a Petrobras está perdendo dinheiro no ramo petroquímico, ela pode recuperar o seu valor de mercado realizando produções cinematográficas milionárias: *Aperte o Cinto, o Seu Dinheiro Sumiu*, *A Refinaria Fantasma da Ópera*, *Se a Minha Diretoria Falasse*, *Um Dilma de Cão* e *O Poderoso Checão*.

Apesar de serem terríveis e gulosos predadores, os tubarões do pré-sal já avisaram que não vão comer a presidenta da Petrobras.

Agamenon Mendes Pedreira não vale nada, mas vale mais que ação da Petrobras.

27/3/2014

A DITADURA AMOLECIDA

Recentemente, todos os grandes jornalistas do país relembraram o que estavam fazendo no dia 31 de março de 64, e eu, Agamenon Mendes Pedreira, enquanto velho e caquético homem de imprensa, também tenho o dever de recordar essa data fatídica e cabulosa. Assim que escutei o roncar dos tanques do General Mourão, corri para a redação do *Correio da Manhã*, que ficava no prédio da *Última Hora*. Imediatamente, ditei um editorial furioso para o Cony, que gostou tanto que resolveu assiná-lo pessoalmente com o codinome Adolfo Bloch. Enquanto isso, num canto da redação, o Zuenir Ventura, o Paulo Francis e o Samuel Wainer acompanhavam num radinho de pilha a movimentação das tropas, com narração do Jorge Cury e comentários do João Saldanha.

Em seguida fui até o Lamas, onde, indignado com a violência dos militares, rachei um Filé Chateaubriand (que era dono dos Diários Associados) com o Otto Maria Carpeaux e o Cabo Anselmo Góes. Depois da sobremesa, peguei um bonde e embiquei para o Ministério do Exército, onde procurei o General Costa e Silva para entregar a lista dos meus amigos comunistas. Naquela época eu era muito ligado à esquerda, que era onde se podia comer mais gente de graça. Enquanto eu contava a grana da deduragem junto com o David Nasser, o Jean Manzon e o Amaral Neto, percebi que havia um clima de tensão no QG do Exército. Um grave problema institucional impedia o General Castelo Branco de tomar posse: Castelo não tinha pescoço e, portanto, não tinha como pendurar a faixa presidencial.

Na volta, passei pelo prédio da UNE, que ardia em chamas. No meio das labaredas flamejantes, Arnaldo Jabor escrevia um artigo demolidor contra o regime milico-ditatorial que só seria publicado 40 anos depois no *Globo*. Logo depois, Jabor entrou para a clandestinidade: foi fazer cinema brasileiro. Ao perceber que o governo do Jango estava pela bola sete, não tive alternativa: me mandei correndo para o Aeroporto do Galeão, onde me encontrei com o Brizola disfarçado de freira, o Darcy Ribeiro disfarçado de tirolês e o Ferreira

Gullar disfarçado de caubói. Com a minha roupa de odalisca, me juntei ao grupo e pegamos um avião para um baile à fantasia no Uruguai.

FIGURAÇA DA HISTÓRIA

Jango Goulart – Líder gaúcho, curiosamente heterossexual, Jango Goulart substituiu o presidente Jânio Quadros, cujo governo acabou por falta de combustível. Apavorados com a política esquerdista de Jango e o seu parentesco com Brizola, os militares temiam que o Brasil virasse um país comunista ditatorial. Para evitar essa desgraça, os milicos deram um golpe e transformaram o Brasil num país direitista ditatorial. Muito antes do advento do Viagra, os militares decidiram que o Brasil deveria se tornar uma Grande Potência Sexual. E construíram a Ferrovia do Aço, a Transa Amazônica e o Escândalo da Mandioca, entre outras obras faraônicas de duplo sentido. Deposto e exilado, Jango se mandou pro Uruguai, terra natal do seu cunhado Brizola, onde se dedicou à criação de ovelhas e pedetistas de corte. Hoje, felizmente, o Brasil é um país onde se respira a liberdade, e qualquer cidadão pode livremente expressar a sua falta de pensamento nas redes sociais e na imprensa escrita, falada, televisada e distribuída de graça na rua.

Agamenon Mendes Pedreira foi contra o regime militar. Preferia a Dieta do Dr. Atkins.
3/4/2014

EM FAMIGLIA

Nunca antes na história deste país houve tanta roubalheira e ladroagem generalizada. A cada dia surge uma nova maracutaia que deixa o povo e o ovo brasileiros chocados. Como se não bastasse a compra hiperfaturada da refinaria de Passagrana, na semana passada ficou provado, pela milésima vez, que o Brasil é a Disneylândia dos corruptos. As gravações do deputado André Vargas e seu amigo bandoleiro, quer dizer, doleiro mostram que o PT (Papuda dos Trabalhadores) é o único partido no país que tem capacidade e disposição para realizar bandalheiras padrão FIFA. Em sua defesa, André Vergas diz que intermediou uma negociata com o doleiro para fabricar Viagra porque só com o auxílio do poderoso medicamento antibrochante "ia conseguir f#⚡☠oder com o orçamento do Ministério da Saúde".

Os mensaleiros apenados já estão se preparando para receber o futuro preso político brasileiro e até colocaram uma placa na frente do presídio: "Temos Vargas!". Aliás, tem tanta gente do PT sendo condenada que o governo federal deveria se transferir de uma vez do Planalto para a Papuda.

Para dar um basta nessa roubalheira generalizada, a presidenta-gerenta Dilma Roskoff mandou botar câmeras de segurança em todos os ministérios e repartições públicas com o aviso: "Sorria! A sua negociata está sendo filmada!". Como não gosta de malfeitos (nem de bem feitos), Dilma também pretende criar a Propinobras para organizar e fomentar a bandalheira, esse segmento tão importante e estratégico da economia nacional que precisa continuar nas mãos do Estado. As quatro.

Agamenon Mendes Pedreira é jornalista padrão CAFIFA.
10/4/2014

PATRÃO FIFA!

Se você acha que os novos estádios da Copa vão ficar prontos logo, é melhor esperar sentado. Mas como é que a gente vai sentar se os assentos não foram entregues até agora? Nessa semana, o poderoso chefão da FIFA (Falcatrua Internacional de Futebol Arrogante) visitou alguns estádios inacabados e concluiu otimista que a bandalheira, a bagunça e a falta de planejamento brasileiros são padrão FIFA.

O Itaquenão Fica Pronto está atrasado, a Arena Pantamal não ficou pronta, o Maracanunca continua inacabado e as obras do Pastelão em Belo Horizonte são uma piada. Por falar em piada, o próprio nome da mascote da Copa, o Furreco, já diz tudo. E os aeroporcos brasileiros? Fala sério! E o que é pior: nem Deus, que é brasileiro, conseguiu comprar um ingresso pros jogos da Copa até agora! Os pessimistas acham que vai dar ruim durante o Mundial. Já os otimistas, sempre positivos, acham que só vai dar m#⚡☠erda mesmo.

O governo federal aproveitou a Semana Santa para dar uma de Pilatos (criador do famoso método de alongamento que foi utilizado na crucificação de Cristo) e resolveu lavar as mãos. O problema é que não tem mais água nos reservatórios, o que impediu a nossa presidenta-gerenta de realizar uma correta assepsia manual. Para tentar desviar a atenção do mico que pode se tornar a Copa do Mundo no Brasil, os marqueteiros do Planalto, como sempre, resolveram inventar uma cortina de fumaça e lançaram o escândalo da Petrobras.

A compra hiperfaturada da refinaria de Passagrana (com seus personagens horripilantes) criou um clima de terror no país, mas isso durou pouco tempo. Os traficantes, marginais e vândalos entraram no clima da Copa e já estão promovendo um verdadeiro "esquenta", tacando fogo em ônibus e quebrando tudo que veem pela frente.

A única pessoa que está curtindo essa situação é o Felipão, que está fazendo mais comerciais que o Fábio Porchat, o Luciano Huck e o Neymar juntos. Incapacitado de atender todos os convites publicitários que vem recebendo, o Felipão foi obrigado a passar alguns comerciais para o seu assistente, o Murtosa, que, na verdade, é o Baixinho da Kaiser.

No Brasil as coisas melhoram de mal a pior.
Agamenon Mendes Pedreira

24/4/2014

FUTEBOL, ALERGIA DO POVO

A Copa do Mundo é igual ao sexo no meu casamento: só acontece de quatro em quatro anos. Além de tudo, faz algum tempo que eu não consigo passar das quartas-de-final com a Isaura, a minha patroa. E todos os meus 17 leitores e meio (não se esqueça do anão) sabem que, na vida como no futebol, quem não faz leva! Na minha idade avantajada, o empate é sempre um bom resultado.

Já entrei de cabeça no clima da Copa e até pintei de verde e amarelo o meu Dodge Dart 73 enferrujado! Minha residência de quatro rodas, que estava estacionada na Rua da Amargura, agora se mudou pra frente do prédio da editora Abril, na Rua do Sumidouro, travessa da Marginal. Só não sei direito se é a Marginal Pinheiros ou algum marginal que foi prefeito de São Paulo. Para a alegria do meu gerente de banco, no próximo domingo começo a cobrir para *Veja* mais uma Copa do Mundo. Mas, na verdade, eu fui contratado secretamente como blogueiro puxa-saco do governo para me infiltrar na revista e destruir esse combativo órgão da mídia golpista por dentro.

Como em todas as Copas, comentarei com acurado rigor jornalístico o Mundial no Brasil. Por isso mesmo, não pretendo assistir a nenhuma partida, para que minhas críticas isentas e imparciais não sejam influenciadas pela atuação dos jogadores. O meu interesse na Copa é o mesmo dos empreiteiros que construíram os nossos estádios inacabados: quero ganhar uma bolada! E para descolar um por fora pretendo trabalhar como cambista na porta dos estádios e até mesmo como passeador de cachorras de algum jogador brasileiro.

Lembro com lágrimas nos olhos da fatídica Copa de 50. Aliás, o Maracanã, que foi construído para aquela Copa, não ficou pronto até hoje! Também me recordo bem da Copa da Suécia, em que eu e o Garrincha disputávamos pra ver quem engravidava mais torcedoras. Marquei presença na Copa do México, na Copa dos EUA e, principalmente, na Copa da França em 98. No país dos queijos e das mulheres fedorentas, o Brasil perdeu a final porque Ronaldinho foi pego com três travestis em pleno Stade de France, enquanto Zidane entrava com bola e tudo.

Poucos jornalistas vivos chegaram à minha marca histórica nos Mundiais, o que me coloca no panteão dos grandes cronistas esportivos do Brasil, ao lado de Nelson Rodrigues, Armando Nogueira, João Saldanha e Reinaldo Azevedo. E isso sem entender nada de futebol, o que, aliás, muito me orgulha. Não saber nada sobre o rude e viril esporte bretão num país de 220 milhões de técnicos da seleção só mostra o tamanho avantajado da minha mente diferenciada!

O futebol mudou muito ao longo dos anos. Antigamente, o jogador era um sujeito macho e casca grossa. Hoje, ao contrário, os craques são todos metrossexuais assumidos. Fazem a sobrancelha, depilam o corpo (inclusive virilha e contorno), fazem chapinha e alisamento progressivo, usando penteados cada vez mais originais. E mais: todos, rigorosamente todos os jogadores brasileiros se chamam Maicon ou qualquer outra coisa com "son" ou "uel" no fim.

O brasileiro é guerreiro e não desiste nunca! O momento é de otimismo exagerado e apreensão irresponsável! O país inteiro já está no clima de Rumo ao Hexa e mesmo os mais pessimistas não podem negar que a nossa seleção, até agora, fez uma bela campanha: Neymar fez campanha de cerveja, automóvel e cueca; Daniel Alves fez campanha de tênis; David Luiz fez campanha de refrigerante e o Felipão, então, fez campanha de tudo.

Agamenon Mendes Pedreira é jornalista porque não sabia jogar bola quando era garoto.

7/5/2014

A presidenta-gerenta Dilma Roskoff, com medo dos quebra-quebras durante a Copa do Mundo, resolveu se antecipar e quebrou a Petrobras antes.

OS INVOCADOS DO FELIPÃO

Finalmente o técnico Felipão Pré-Scolari convocou os 23 jogadores brasileiros que vão jogar na Copa! Se o técnico tivesse chamado mais um jogador, quem seria o 24? O Richarlyson? Quem ficou injuriado com a convocação foi a figurinha do Robinho, que, apesar de ter sido convocada pela Panini, não entrou no escrete do Felipão. A única surpresa no time foi a convocação do Jô, que, como todos podem ver na Globo, está muito acima do peso. Por falar nisso, algum dos meus 17 leitores e meio (não se esqueça do anão) tem uma figurinha repetida do Iniesta?

Felipão reuniu na seleção a nata da elite futebolística neoliberal brasileira que joga no exterior. O que é muito bom, porque dá uma oportunidade para que os nossos craques finalmente possam conhecer o Brasil. Maicon, Hulk e Maxwell já se matricularam num curso intensivo de português, embora, tecnicamente, jogador de futebol não precise saber falar língua nenhuma.

A torcida brasileira já começou a entrar no clima de "Já Ganhou!" e os empreiteiros que estão construindo os estádios da Copa continuam no clima de "Já Roubou!". Com exceção dos estádios, dos aeroportos e das obras de infraestrutura, está tudo pronto para a Copa do Mundo. Isaura, a minha patroa, até pintou de verde e amarelo o meu Dodge Dart 73 enferrujado. Outro dia cheguei mais cedo da minha falta de trabalho e surpreendi a Isaura, toda animada, soprando uma vuvuzela. A vuvuzela do meu vizinho, o Waldir.

Técnico disciplinador e sempre preocupado com os valores da família Scolari, Felipão proibiu a entrada das marias-chuteiras na Granja Comary.

Quem Comary por último Comary melhor.
JUCA KFOURICO

FIGURAÇA DE BRASÍLIA

Renan Canalheiros – O senador de Alagoas, que até há bem pouco tempo possuía uma lustrosa careca, deu uma de funk ostentação e exibiu orgulhoso no Senado o resultado do seu implante capilar, uma obra do PAC financiada pela Sudene. A oposição ficou indignada e exigiu uma CPI para investigar se o implante do senador foi superfaturado. Renan não se conformava com o fato de continuar careca enquanto se envolvia cada vez mais em escândalos cabeludos. Pra melhorar a sua imagem, Renan também fez um implante de caráter, mas infelizmente seu organismo rejeitou aquele corpo estranho. Político ambicioso, Renan quer ir muito além do topete. Seu sonho é, até as eleições, exibir uma vasta cabeleira para poder fazer uma chapinha. Uma chapinha com o PT.

Agamenon Mendes Pedreira é filho bastardo da Família Scolari.
8/5/2014

JUSTIÇA COM AS PRÓPRIAS PATAS

Enquanto os empreiteiros e o governo correm para ver se os estádios e aeroportos ficam semiprontos até as Olimpíadas, a população também está correndo, mas noutra direção, que é pra fugir da polícia e dos linchamentos. Pelo menos a barbárie já está funcionando perfeitamente no Brasil, e, o que é melhor, no padrão FIFA de boçalidade. Os baderneiros profissionais se anteciparam ao calendário da Copa e já começaram a quebrar tudo que veem pela frente agora. São as "eliminatórias".

Ao contrário lá de casa, o pau está comendo! Para alegria da Sherazade e do Jair Bolsonazi, o brasileiro, que era um povo cordial e pacífico, resolveu se manifestar violentamente contra qualquer coisa. Indignado com tudo que aí está, o povo começou a tacar fogo em ônibus, matar e barbarizar tudo o que vê pela frente. Outro dia, só porque não dei a descarga, depois de fazer um número 2 no capricho, a Isaura, a minha patroa, ficou revoltada e convocou a vizinhança para me linchar. Me amarraram num poste, me tacaram gasolina e começaram a dar pauladas na minha cabeça até que a polícia chegou. Chegou baixando o pau em mim, porque a galera já estava ficando cansada de me espancar.

As greves também estão pipocando pelo país. O Sindicato dos Paraplégicos e Comatosos decretou paralisação geral, e o Sindicato das Vítimas da Talidomida também resolveu cruzar os braços. Os rodoviários, para protestar contra a falta de transporte público, incendiaram mais de 200 ônibus. Os donos de empresa já estão com medo de não sobrar nenhum coletivo até a Copa pros grevistas torcedores poderem tacar fogo.

E a violência não para por aí! A presidenta-gerenta Dilma Roskoff também resolveu partir pra dentro e começou batendo. Pra variar, batendo na mesma tecla. O governo contratou os figurantes do seriado *Walking Dead*, além da presidente da Petrobras, para a campanha do PT e aterrorizar os eleitores que estão pensando em votar na oposição. Nessa luta sangrenta pelo poder (poder com PH), o PT e a base aliada resolveram se acertar e acham que a hora é de união. Ou seja, usar todos os recursos da União contra o Aécio e o Eduardo Campos. Os petistas querem passar a mensagem de que, depois do Lula, a vida melhorou, principalmente pra quem arrumou um emprego num dos mais de 39 ministérios.

Já que as obras da Copa não vão ficar prontas mesmo, cresce entre os empreiteiros o movimento #NAOVAITERCULPA!

Aquele que nunca participou de um linchamento que atire a primeira pedra.

JESUS CRISTO

Agamenon Mendes Pedreira é a favor da violência pacífica.
15/5/2014

A SEGUNDA GRANDE COPA MUNDIAL

A Copa do Mundo continua para o Brasil! E os brasileiros, na maior deprê, vão poder curtir mais o esporte nacional: não trabalhar nos dias de jogos da seleção. Até agora a gente ganhou e, pro nosso alívio, não vamos ter que voltar pra casa. Mesmo porque já estamos em casa! E tudo isso se deve a um só homem, um líder, um ícone do futebol brasileiro. Um homem que não tem vergonha de dizer o que não pensa: Felipão Pré-Scolari!

Além da vitória do Brasil, na sexta-feira assistimos a mais um jogo emocionante na Copa, o clássico França x Alemanha. Não foi a primeira vez que as duas potências do futebol se enfrentaram. Na Segunda Copa Mundial, a Alemanha passou por cima da França, e só o zagueirão De Gaulle mostrou alguma resistência. Resistência Francesa, é claro! *Les bleus* amarelaram diante do escrete nazista, que atacou com Panzer, Wermacht, Ribbentrop e Von Braun, além do volante Volkswagen.

Esse sangrento campeonato mundial só não foi pra prorrogação porque acabou nos 45. Do segundo tempo. A partida final foi entre a seleção dos EUA (que, ao contrário desta Copa, não tinha sido eliminada) e o escrete japonês. E, mesmo assim, só terminou quando o ataque americano mandou uma bomba que fez tremer as redes do goleiro Hirohito, o Imperador, na Arena Hiroshima, o Hiroshimão.

Eu cobri essa Copa ao lado de Rubem Braga, Joel Silveira e João Saldanha. O Saldanha, na verdade, não foi, mas mentiu pra todo mundo dizendo que tinha ido. Quem também participou dessa cobertura histórica foram o Juca Kfouri e o Tostão, que ainda não tinham nascido.

Comunista de carteirinha, João Saldanha tinha sido técnico do Dinamo de Moscou, além de introduzir o futebol na China por ordem de Mao Tsé-Tung Jr., o NeyMao. Segundo o comentário abalizado de João Saldanha, as seleções aliadas só chegaram à vitória por causa de Josef Stálin, o técnico da seleção soviética. O professor Stálin governou com mão de ferro o escrete vermelhinho durante mais de 30 anos. Seguindo o exemplo do treinador alemão, Adolf Hitler, Stálin implantou a concentração no futebol russo. Antes, durante e depois dos jogos.

E agora, em 2014, os alemães acabaram dando um banho nos franceses, coisa, aliás, que todo francês detesta. A escovada germânica foi geral, com direito a muito sabão, xampu e creme rinse. Pelo menos os franceses estão voltando limpinhos para casa.

Como em 1942, a Alemanha mais uma vez passou por cima da França, que, como sempre, não ofereceu a menor Resistência. Resistência Francesa, é claro.

Só tenho a oferecer sangue, suor e nádegas.
WINSTON HULK, ATACANTE POPOZUDO.

4/6/2014

É GRANJA! É GRANJA! É GRANJA DE GALINHA!

E eu continuo aqui na Granja Comary, aviário-sede da CBF, Confederação Brasileira de Frango. Como todos os meus 17 leitores e meio (não se esqueça do anão!) estão cansados de saber, fui contratado a peso de ouro pela *Veja* para cobrir a Copa mesmo sem entender nada de futebol. Esse glorioso órgão da imprensa golpista sabe que eu, Agamenon Mendes Pedreira, sou o jornalista que mais cobriu copas do Brasil, desde a primeira delas, a Copa da Grécia, ainda no tempo de Aristóteles, Sócrates e Raí.

A FIFA (Federação Internacional de Falcatruas Arrojadas) generosamente me hospedou no galinheiro da granja, onde vivem as penosas que são a base da alimentação de nossos craques aqui em Teresópolis. O galinheiro é patrocinado pela Sadia e, às vezes, quem aparece por aqui é o Felipão e o Murtosa, pra gravar mais um comercial. Na verdade, a presença de galinhas e outros animais em Copas do Mundo é bastante comum. Veados, burros, toupeiras e antas costumam frequentar mundiais em diferentes funções como jogadores, técnicos, jornalistas, cartolas e cronistas especializados.

Agora que o Felipão liberou o sexo na concentração, ninguém mais dorme na pacata e bucólica Granja Comary. As frias noites da serra agora são palco de tórridos treinamentos coletivos e individuais, com e sem bola! Perto das safadezas que estão rolando na concentração, a construção dos estádios no Brasil é pinto. E por falar em pinto, um famoso jogador botou na rede uma selfie na qual exibe orgulhoso as dimensões avantajadas do seu futebol.

Meus colegas de jornalismo achavam que eu tinha morrido e não estaria presente nesta Copa do Brasil. Você precisava ver a cara de espanto e decepção dos jornalistas desportivos quando me viram adentrando o gramado, exibindo orgulhoso o meu lustroso crachá falsificado. A cada Copa do Mundo aumenta a quantidade de ex-jogadores de futebol que se tornaram comentaristas e jornalistas. A vida é injusta: o jogador de futebol, quando fica velho, vira jornalista, mas o jornalista, quando envelhece, coitado, não pode virar jogador de futebol.

Preocupado com as críticas da imprensa, o goleiro Júlio César reuniu os amigos e parentes na Granja Comary para servir o seu famoso frango antes do jogo com a Croácia.

Agamenon Mendes Pedreira é ponta esquerda da direita golpista.
10/6/2014

BRAZUCA BRASIL!

Dia de jogo do Brasil é sempre estressante e cansativo. Acordei cedo e fui de metrô pra porta do Itaquerão vender os ingressos que eu passei a noite falsificando. Em seguida, encontrei-me com o ex-presidente em exercício Luísque Inácio Lula da Silva e o ex-presidente do Corinthians para tentar acabar as obras do estádio antes de o jogo começar. Viramos concreto, batemos prego, serramos tábuas, mas não conseguimos entregar o Itaquerão a tempo. Resolvemos parar o serviço no meio porque o Lula arrumou umas verbas com alguns empreiteiros e nós fomos pro boteco gastar tudo com cachaça. Apesar de a obra não ter ficado pronta, Lula aprovou o gramado do estádio. Pelo menos como tira-gosto.

Como já expliquei aos meus 17 leitores e meio (não se esqueça do anão), pretendo continuar sem assistir nenhum jogo da Copa do Mundo para não influenciar as minhas análises críticas, isentas e imparciais. Assim como os dirigentes de futebol, não quero saber de nada que acontece dentro do gramado: só me interessam as jogadas cabulosas. Como diz o ditado, o futebol é uma caixa-forte de surpresas. De preferência, numa conta secreta da Suíça. Antigamente, no futebol quem roubava era só o juiz. Mas o esporte evoluiu e a roubalheira agora é generalizada. Do gandula ao Blatter, do vendedor de cachorro-quente ao empreiteiro, da mais humilde maria-chuteira ao presidente do Barcelona, todo mundo quer ganhar a sua bolada.

Mas eu levo fé na seleção! O caneco vai ser nosso, é ruim de não ser! Nós temos tradição: já derretemos a Jules Rimet e agora vamos derreter essa taça nova também! Ninguém segura o Brasil! Nem o Bradesco, nem a SulAmérica, nem a Porto Seguro, nem a Allianz e nem a MetLife! Todas se recusaram a segurar o Brasil.

Está provado: o Itaquerão e Roma não foram feitos em um dia.

Agamenon Mendes Pedreira é gandula recuado.
12/6/2014

RUMO AO SEXA!

A Copa do Mundo começou e, ao contrário do que acontece no Brasil, até agora deu tudo certo. O metrô funcionou normalmente e levou milhares de torcedores de todas as partes do mundo até o Itaquerão numa boa. Ninguém foi assaltado, e os roubos só ocorreram entre as empreiteiras e o governo e no pênalti que o juiz japonês marcou pro Brasil. A Arena Corinthians assistiu a uma bela abertura da Copa, que contou com duas das maiores bundas do planeta: Jennifer Lopez e o jogador Hulk. E a presidenta-gerenta Dilma Roskoff levou uma tremenda vaia, talvez porque, assim como o Itaquerão, ainda esteja inacabada.

Em 1950, o Brasil viveu o terrível *Maracanazo* quando levou uma piaba do Uruguai, depois que Ghiggia meteu um gol no goleiro Barbosa, que, mais tarde, foi trabalhar na *TV Pirata*. Nesta Copa do Brasil, tomara que o país não sofra um grande *Engarrafamentazo* que impeça o público de chegar às monumentais arenas inacabadas. A que estádio nós chegamos... quer dizer, só chegamos porque não teve greve dos metroviários.

Mas o brasileiro é teimoso, guerreiro e não desiste nunca. Se o metrô ainda não deixa ninguém na porta do estádio, o melhor é seguir o exemplo de Lula e ir de jegue pros jogos. Era montado em um Lula que o ex-presidente Mula ia ver o seu Coringão jogar! Ou será que era o contrário? Ah, tanto faz... Hoje, Luísque Inácio Lula da Silva, graças ao seu poder, conseguiu construir o ItaqueNão Ficou Pronto com a grana do BNDES (Banco Nacional de Desenvolvimento de Estádios Superfaturados) e da Caixa. Afinal, o futebol é uma Caixa Econômica de surpresas.

O que o brasileiro quer agora é torcer! Torcer o pescoço dos empreiteiros, dos grevistas, dos deputados, dos ministros e até mesmo da presidenta-gerenta, que está caindo mais que ação da obra. Recebemos as delegações que chegaram há pouco de fora de braços (e outras partes da anatomia) abertos. Os holandeses se esbaldaram com as garotas (de programa) de Ipanema e os alemães ficaram loucos com as índias papaxotas.

Apesar de não ser da CBF nem da FIFA, estou aproveitando esta Copa no Brasil para faturar uma grana preta, quer dizer, uma grana afrodescendente, realizando jogadas mirabolantes que vão deixar o Messi e o Neymar de queixo caído. Por falar em Messi, eu morro de medo do marrento craque portenho. Espero que, no caso de o Brasil enfrentar a Argentina, Messi, num de seus perigosos ataques, leve uma bundada do Hulk, o Jogador Melancia, o que destruiria as chances de "nuestros hermanos" na Copa.

Como o metrô não vai até a porta dos estádios, o ex-presidente em exercício Luísque Inácio Lula da Silva está preparando o seu jegue para levar a família aos jogos da Copa. O jegue é o da esquerda.

FIGURAÇA DA COPA

Joseph Blatter – O Poderoso Chefão da FIFA (Federação Internacional de Falcatruas Avantajadas) é um dos homens mais poderosos do mundo. Ele manda mais que o Obama, que o Putin e o Lula na Dilma. A FIFA é maior que a ONU e dizem que a entidade máxima do futebol tem até uma bomba atômica! Não é por acaso que a sede da FIFA é na Suíça e o seu quartel-general fica dentro do cofre de um banco de Zurique. Blatter sucedeu o ancião João Havelhange, que governou a FIFA com mão de ferro desde os tempos do faraó Tutankamon, presidente da Federação Egípcia de Futebol. Foi no Egito Antigo que Havelhange conheceu o atual presidente da CBF, José Maria Marin. Segundo escavações recentes, os arqueólogos encontraram hieróglifos que provam que os dois cartolas estavam envolvidos no superfaturamento da construção das pirâmides. De quatro em quatro anos, as tropas da FIFA invadem um país e obrigam seus habitantes a construir um monte de estádios superfaturados. Quando a Copa acaba, eles vão embora e ficam na Suíça contando o dinheiro que ganharam no Mundial. Como é muita grana, isso demora quatro anos. E se algum jornalista abelhudo resolve investigar alguma falcatrua, a FIFA manda imediatamente o curioso se Qatar.

Ladrão que rouba ladrão vira presidente de federação.
RICARDO PEIXEIRA

INSTAGRANA DO AGAMENON

O senador Renan Canalheiros, novo garoto-propaganda da Head & Shoulders, está cada vez mais satisfeito com o resultado do seu implante de cabelo. A oposição quer convocar uma CPI para investigar o exagerado crescimento do patrimônio capilar do senador alagoano.

13/6/2014

O PALHAÇO DA ALVORADA

Graças à Copa, o Brasil está melhorando, e isso ninguém tem coragem de dizer! Siga o meu raciocínio: tem feriado todo dia, todo mundo parou de trabalhar no governo, o trânsito está uma beleza, a polícia só está batendo nos chilenos e até os assaltantes resolveram tirar férias pra assistir à Copa. Já estou aqui em Brasília e estacionei meu Dodge Dart 73 enferrujado na porta da Arena Zé Mané Garrincha. O bilionário estádio foi assim batizado não em homenagem ao grande Garrincha, mas em honra ao Zé Mané, o torcedor contribuinte, que pagou essa obra superfaturada Patrão FIFA.

A grande discussão aqui na Capital Federal é o que se vai fazer com o enorme e luxuoso estádio de futebol depois que a Copa acabar. Como em Brasília não se pratica muito o futebol (o esporte local é a roubalheira), minha sugestão é transformar o Mané Garrincha em presídio após o Mundial. E depois trancar lá dentro todos os políticos, empreiteiros, lobistas e funcionários públicos que meteram a mão nas verbas da Copa. O problema é que não ia ter vaga pra todo mundo. E a Papuda (que é uma penitenciária padrão FIFA) já está lotada de mensaleiros do PT (Partido da Tranca).

Enquanto membro da imprensa golpista de direita da elite branca, fui prestar solidariedade à presidenta Dilma Roskoff, que ainda está entalada com os xingamentos chulos, de baixo calão, que recebeu da torcida no Itaquerão. Indignada com os apupos, Dilma se trancou no palácio com sua amiga, a presidenta da Petrobras, "Graça" Foster. Palácio do Jaburu, é claro. Dilma me confessou que não sabe se vai ao jogo, com medo de ser vaiada. Sugeri então à Angela Merkel brasileira ir ao estádio disfarçada de mulher, como se fosse o cartunista Laerte. Assim, travestida, no meio do povão da elite, Dilma ia poder lavar a alma, xingando o Renan, o Collor, o Michel Temer, o Gilberto Cascalho e todas as outras autoridades que estiverem presentes.

E atenção, torcida brasileira: vamos secar bastante os Camarões! E fazer um vatapá!

Com medo de ser xingada mais uma vez pelo povão da elite branca, a presidenta Dilma Roskoff ainda não decidiu se vai pintar no estádio Mané Garrincha.

Agamenon Mendes Pedreira é jornalista superfaturado.
21/6/2014

CHORA, BRASIL!

Impactado com as fortes emoções da última partida do Brasil, fui medicado com poderosos remédios faixa preta e já me encontro aqui na Granja Comary, aviário sede da CBF, Confederação Brasileira de Frango. Hoje mesmo os jogadores se apresentaram e, depois de uma preleção do Felipão, fizeram um treinamento em pranto convulsivo. O técnico brasileiro está preocupado com o lado emocional dos nossos rapazes e resolveu fazer um treino de choro sem bola. Segundo as psicólogas da seleção, o choro constante em todas as partidas é de fundo emotivo. Tudo emotivo pra não jogar, emotivo pra errar os passes, emotivo pra perder o pênalti. Até mesmo o Parreira está bolado com esses ataques de choro, aliás, os únicos ataques da seleção que estão funcionando. O chororô dos jogadores é tão grande que até o povão ficou preocupado, e olha que brasileiro está acostumado a chorar muito todo fim de mês, quando recebe o salário.

Será que é muito peso nas costas dos jogadores ou será que é o bafo quente na nuca? Dizem que tem jogador pedindo pra dormir de luz acesa porque tem medo do escuro. Mas como ter medo do escuro se a seleção tem o Jô, o Luís Gustavo, o Fernandinho, o Neymar, o Maicon, o Marcelo, o Willian e o Ramires? Sinceramente: acho que está faltando macho nessa seleção mulherzinha, e o Felipão deveria ter convocado a jogadora Marta pro time! Não queremos mais ver cenas deprimentes como aquela do jogo contra o Chile, quando Thiago Silva sentou em cima de uma bola e chorou. Se o capitão fosse o Richarlyson, ia sentar em cima de duas, e sem chorar. Esse medinho todo dos jogadores não seria uma influência do Felipão e seu inseparável Murtosa, o Primeiro Damo da seleção? Os dois amigos gauchoafetivos trouxeram uma lufada de ar fresco à Granja Comary, como se o Minuano, o vento que vem do Sul, pegasse todos pelas costas.

Para treinar para o próximo jogo, a seleção brasileira inundou de lágrimas a Granja Comary. A população de Teresópolis, que não via tanta água desde as últimas enchentes, teve que fugir de canoa.

Agamenon Mendes Pedreira só chora lágrimas de crocodilo.
30/6/2014

A MICOPA DO MUNDO É NOSSA!

Nunca Dante na história deste país a seleção verde-amarelona tomou uma goleada tão humilhante como a que sofreu da Alemanha! Foi uma derrota pornográfica: o Brasil ficou de 4 e os alemães meteram 7! Mas os marqueteiros do governo não perderam tempo. Segundo João Sacanna, essa derrota fragorosa foi mais um sucesso retumbante do PAC, Programa de Aceleração do Chocolate. Depois da queda do viaduto do Mineirão, o Brasil assistiu apatetado ao desabamento da seleção brasileira. Antes da Copa do Mundo, a presidenta Dilma Roskoff temia um apagão de energia. Só não sabia que o apagão ia acontecer justamente com o time do Brasil!

Influenciados pela ausência do Neymar, nossos jogadores também resolveram, em solidariedade, não entrar em campo. Diante da superioridade futebolística da raça ariana pura dos alemães Boateng, Khedira e Özil, os pentacampeões do mundo amarelaram, quer dizer, verde-amarelaram. O passeio dos alemães foi tão grande que quase todos os jogadores da seleção da Alemanha fizeram um gol! Menos o Neuer. No fim da partida, o técnico Joachim Löw mandou a sua avó para o aquecimento pra ver se a velha fazia o seu golzinho também. Após a vitória acachupante sobre o Brasil, em toda a Alemanha as ruas ficaram desertas: sempre que os alemães querem comemorar alguma coisa, eles invadem a Polônia.

A Copa acabou terça-feira para o Brasil! Mas não pra mim. Até a partida final, continuarei vendendo ingressos falsificados na porta dos estádios. Apesar de muitos falsários terem sido presos, eu continuo livre e solto, o que prova a qualidade das minhas falsificações padrão FIFA (Falsification Ingress Football Association)! O que as pessoas não entendem é que a FIFA só organiza a Copa do Mundo de quatro em quatro anos pra vender ingressos no câmbio negro, ou melhor, câmbio afrodescendente. É aí que está a grana!

E neste domingo no Maraca vou fazer meu último bico de *valet parking* do jegue no qual o ex-presidente em exercício, Luísque Inácio Mula da Silva, insistiu em ir aos jogos da Copa. A besta do ex-presidente se chama Goró e, como todo asno, de vez em quando empacava e só se mexia depois que eu lhe dava um gole de cachaça. Pra quem não sabe, o jegue do ex-presidente é um ruminante movido a álcool. Ao contrário dos higiênicos torcedores japoneses, o burro do ex-presidente, o Goró, não tinha a menor vergonha de fazer o número 2 na frente de todo mundo: na porta do estádio, na tribuna de honra, nas arquibancadas e até no Media Center. Ainda bem que este livro não tem cheiro, porque o Goró é capaz de produzir os mais fedorentos *downloads*, comparáveis às alianças partidárias em época de eleição e ao desempenho da seleção brasileira.

Pois é, os estádios custaram tão caro, teve tanta roubalheira, pagaram tanto dinheiro pros empreiteiros, foi tanta propina que não sobrou grana pra comprar a Copa... E vamos combinar: da próxima vez, nada de se candidatar de novo pra sediar o Mundial no Brasil. Isso dá o maior azar.

Agamenon Mendes Pedreira é figurinha carimbada.
9/7/2014

VOLTA PRA CASA, BRASIL!

Ao contrário do sofrido povo brasileiro, não assisti a nenhum jogo da seleção brasileira. Primeiro para não influenciar as minhas análises isentas e imparciais sobre as partidas. E, em segundo lugar, porque as jogadas fora de campo, assim como para a FIFA, eram as que realmente me interessavam.

Em entrevista coletiva, Felipão e Parreira, sempre na retranca, disseram que fizeram tudo certo. Tudo certo pra Alemanha. Tem muita gente revoltada que agora está pedindo um técnico estrangeiro. Mas um técnico só não basta: o Brasil precisa importar um time completo de jogadores estrangeiros! É normal diante desse fracasso as pessoas pedirem a cabeça do técnico, mas pra quê? Não tem nada na cabeça do Felipão.

Na verdade, o futebol brasileiro está todo errado, a começar pela CBF, Confederação Brasileira de Fracassos. Pra começar, vamos acabar com esse negócio de cartola. Cartola é uma coisa fora de moda que ninguém usa mais. Para se modernizar, nossos dirigentes precisam adotar imediatamente o boné do Neymar. E o decrépito presidente da CBF, José Maria Marin, deveria ser afastado do cargo e doado ao Museu do Futebol para ficar na sala das múmias.

Outra medida urgente para dar um jeito no futebol brasileiro é proibir os jogadores de participar de anúncios, pra não acontecer o que aconteceu nessa Copa: nossos craques só jogaram bem nos comerciais! E mais: tem que parar também com esses anúncios patrioteiros com criancinhas implorando pros jogadores jogarem pra elas. Os nossos jogadores não conseguiram jogar nem pra eles, imagine pros outros... Mas a verdade é que desde 1950 o Brasil evoluiu: saímos do Complexo de Vira-Lata e agora sofremos de Complexo do Alemão.

O Brasil perdeu a Copa, mas eu ganhei! Com os ingressos falsificados que eu e a Isaura, a minha patroa, vendemos no Mundial, vou finalmente poder trocar o meu Dodge Dart 73 enferrujado por um Gol. Um Gol só, não: sete Gols! Da Alemanha!

Agamenon Mendes Pedreira é jornalista falsificado.
12/7/2014

SER PAI É PADECER NO PREJUÍZO

Desde que nos casamos, há mais ou menos 80 anos, Isaura, a minha patroa, e eu tentamos ter filhos. No princípio de nosso matrimônio, ainda jovem e inexperiente, tentei engravidá-la por tudo que era buraco da anatomia humana, mas nada da criatura embuchar.

No desejo incontrolável de ser mãe, Isaura, a minha patroa, convenceu-me a frequentar terreiros de macumba, feiticeiras, curandeiros, rezadeiras, benzedeiras de todos os credos e crenças. A infeliz criatura também me obrigou a engolir garrafadas extravagantes e fazer uso de todos os tipos de estimulantes e afrodisíacos de tarja preta do mercado. Mas qual! Nada da Isaura, a minha patroa, pegar barriga.

Uma comadre nos aconselhou a relaxar e esquecer essa paranoia de gravidez. O ideal seria o casal fazer uma viagem para apimentar um pouco a nossa vida sexual. Foi o que fizemos: saímos de férias. Por dois meses. Eu fui para Salvador e a Isaura para Nova York. Mas nem isso deu certo. Cheguei a pensar que era estéril e resolvi contar, pessoalmente, os meus espermatozoides. Tentei inúmeras vezes, mas sempre me perdia na contagem, pois os danados não paravam quietos.

Passamos então a procurar uma barriga de aluguel, mas, além de os preços dos aluguéis estarem absurdos, Isaura, a minha patroa, e eu não cabíamos juntos dentro de nenhum ventre, o que, por consequência, inviabilizava o ato sexual. Já sem esperanças de realizar o sonho do filho próprio, vimos na revista *Caras* uma reportagem com o Dr. Roger Abdelmassih, o maior especialista brasileiro em casais com problemas de fertilidade. Depois de meses de espera, pagamos uma fortuna pela primeira consulta.

O Dr. Abdelmassih nos recebeu na penumbra do seu consultório usando um roupão grená e pantufas. Ao fundo tocava uma música romântica e no teto piscavam luzes estroboscópicas. Depois de oferecer um uísque, o Dr. Roger nos explicou o seu método infalível de inseminação assistida:

– É o seguinte, seu Agamenon: eu deito ali na cama com a sua esposa e o senhor fica aqui sentado, assistindo.

Sem perder nem mais um segundo, o Dr. Abdelmassih e a Isaura, a minha patroa, iniciaram o complicado tratamento de inseminação artificial assistida. Todo dia, durante três semanas. Era a primeira vez que a Isaura, a minha patroa, pagava para fazer sexo. Normalmente é o contrário. Mas, graças a Deus, e ao Dr. Abdelmassih, o tratamento deu certo. Nove meses depois Isaura, a minha patroa, deu à luz um lindo casal de gêmeos univitelinos: um oriental e um outro, afrodescendente. Batizamos a cada um de Junior I e Junior II. Fomos muito felizes com as crianças, mas tivemos que devolver os dois pimpolhos à clínica do Dr. Roger Abdelmassih devido ao atraso nas prestações do tratamento.

Depois de preso no Paraguai por exercício ilegal da sacanagem, Dr. Roger Abdelmassih vive um outro drama: nenhum apenado quer dividir a cela com medo de engravidar do médico taradão.

Agamenon Mendes Pedreira é jornalista de proveta.
21/8/2014

O DILMA D

Numa eleição emocionante cheia de mentiras, calúnias e difamações, a presidenta Dilma Roskoff foi reeleita no que se refere à questão de o país ser governado por mais quatro anos pela mesma pessoa. Quem ficou mais feliz com essa vitória foi o ex-atual presidente em exercício Luísque Inácio Lula da Silva, que saudou o resultado de 51% a favor de Dilma. Lula adora qualquer coisa que tenha o número 51. Com enorme sede de poder, Lula já lançou a sua candidatura para presidente em 2018 como candidato da situação ou da oposição, tanto faz. Segundo o grande líder latino-bolivariano: "Muita verba ainda vai rolar debaixo dessa ponte...".

No seu primeiro mandato, Dilma foi escolhida para ser o poste do Lula e é por isso que o Brasil pode ficar sem luz elétrica a qualquer momento. Dilma Mocreff, com o tempo, se tornou uma espécie de Frankenstein do Lula (que, mesmo assim, consegue ser ainda mais bonito que a presidenta) e ganhou vida própria. Descontrolada, a terrível e monstruosa criatura instaurou o terror na campanha e, junto com Graça Foster e Nestor Cerveró, assustou o país com sua foto dos tempos de guerrilha e o slogan "Coação Valente!".

Dilma tem grandes desafios à sua frente e o maior deles é falar português direito. Para isso, a Primeira Drag da Nação já prometeu que vai estudar diuturnamente, noturnamente e madrugadamente também. A presidenta-gerenta também estendeu sua mão para dar uma bolacha na cara da oposição que não quiser conversa com ela. Magnânima e generosa, Dilma quer construir pontes com os derrotados e, para começar mais essa obra do PAC, já convocou as empreiteiras que contribuíram generosamente para a sua campanha.

E, para desespero da elite branca golpista e reacionária (uma minoria ínfima de 49% dos eleitores), não vai ficar só nisso: Dilma prometeu não fazer muito mais do que já não fez. Para isso já está fazendo ouvidos de Mercadante às propostas de mudanças na política econômica. Democrática de carteirinha (do PT), a presidenta, como fez com o Bonner e o Boechat, também me obrigou a entrevistá-la em cadeia nacional. A cadeia, no caso, era a Papuda. E a Papuda não era a Dilma, mas sim a famosa penitenciária do Planalto Central.

AGAMENON: E aí, Dilmão, tudo bem?
DILMA: Tudo bem por quê?

AGAMENON: Afinal, quem é que você vai escalar para o Ministério da Fazenda?
DILMA: Para ser o novo Ministro da Fazenda, estou pensando em convocar o Dunga, e, pro Ministério das Relações Exteriores, o Joel Santana no que se refere à questão do domínio da língua inglesa.

AGAMENON: É verdade que a senhora quer acabar com a Rede Globo?
DILMA: Sim, mas só depois do último capítulo de *Império*. Eu estou louca pra saber o final da novela.

Sempre preocupada em melhorar as condições de moradia das minorias, a presidenta Dilma Roskoff vai criar um novo programa habitacional: Minha Casinha Minha Vida, para dar um teto aos anões brasileiros.

Agamenon Mendes Pedreira é dilmista diuturnamente e noturnamente.
30/10/2014

FELAÇÃO PREMIADA

A economia do Brasil está indo pro buraco e começou justamente pela Petrobras. Segundo Isaura, a minha patroa, a Petrobras se parece comigo na cama: não dá uma dentro. Na opinião da minha cara-metade, eu, Agamenon Mendes Pedreira, sou o líder mundial em brochadas profundas.

Um grupo de marqueteiros do governo está tentando desesperadamente salvar a imagem da Petrobras e sugeriu mudar o nome da empresa para Roubabras, já que a estatal é líder mundial em negociatas profundas. Preocupada com a situação catastrófica da empresa petrolífera, a presidenta Desgraça Foster acredita que a Petrobras vai ser obrigada a pedir um empréstimo para o FMI, Fundo do Mar Internacional.

Já a presidenta Dilmamata Roussef não está nem aí. Em entrevista na Austrália, Dilmão declarou que as reservas de dinheiro desviadas dos cofres da Petrobras são tão grandes que falta pouco pro Brasil ser um país autossuficiente em roubalheira e ocupar o primeiro lugar no ranking mundial da corrupção. Com tantos diretores, lobistas, engenheiros e técnicos em cana, eu pergunto: quem é que está tomando conta da Petrobras?

E a Polícia Federal continua botando pra quebrar. Quebrar a Petrobras, é claro. Em mais uma emocionante etapa da Operação Lava Rato, foram presos os diretores de empreiteiras Queiroz Ladrão, Mentes Junior, Embargo Correia, OA$$$$$$ e Odecheque. Nunca antes na história do Brasil se viu tanto rico indo em cana! Antes assim: os presídios só vão melhorar no Brasil quando as nossas prisões ficarem cheias de gente da diretoria.

Infelizmente, o sistema carcerário brasileiro ainda não é capaz de abrigar a quantidade gigantesca de corruptos que operam no país. Pensando nisso, o ministro Luís Roberto Barroso (fazendo jus ao seu sobrenome) permitiu que os envolvidos no Mensalão paguem suas etapas em casa. Além dos doleiros e bandoleiros do PT (Partido da Tranca), quem curtiu essa notícia foram os presidiários da Papuda, que não aguentavam mais conviver diariamente com aqueles políticos de alta periculosidade.

Os advogado$ das empreiteira$ acham que as obras superfaturadas de seus clientes presos têm que continuar porque o Brasil não pode parar. Parar de roubar, é claro.

Agamenon Mendes Pedreira é trombadinha perto da "diretoria" da Petrobras.
19/11/2014

O BRASIL NÃO PODE PARAR. DE ROUBAR!

Todos os meus 17 seguidores e meio (não se esqueça do anão internauta) sabem que a principal atividade econômica do Brasil é a roubalheira. A corrupção, a extorsão, as maracutaias e os malfeitos movimentam bilhões de reais em nosso país e geram milhões de empregos. Menos pra mim, coitado, que nunca sou convidado pra participar dessas bandalheiras imorais e antiéticas. Por isso mesmo, a Polícia Federal deveria interromper as suas operações com nome criativo e soltar todos os diretores de empreiteira imediatamente. Se as obras superfaturadas pararem, a economia pode desabar, assim como a cara do Nestor Cerveró e as ações da Petrobras.

Quem diria... a Petrobras, a maior empresa brasileira, líder mundial em negociatas profundas, está no buraco. E o pior é que lá no fundo do buraco não tem nenhum petróleo. Quem estava certo era o ex--atual presidente em exercício Luísque Inácio Lula da Silva, que sempre preferiu o álcool à gasolina. Se o Lula fosse presidente, as coisas iriam entrar nos eixos e ele iria tomar uma Providência. Providência é o nome de uma cachaça muito boa que um companheiro produz em São Bernardo.

Como podemos ver nesta foto, os desvios de verba continuam saindo pelo ladrão. E bota ladrão nisso.

29/1/2015

A CULPA É DO FHC!

A presidenta-gerente Dilma Roskoff, em entrevista coletiva, disse que a culpa da roubalheira na Petrobras é do Fernando Henrique Cardoso, o THC. Segundo a Dilma, se os tucanos tivessem roubado tudo durante o governo FHC, não teria sobrado nenhum dinheiro pro PT roubar agora. E a inflação também subiu por causa do FHC: se os tucanos não tivessem acabado com a inflação no Plano Real, ninguém ia perceber que ela subiu agora. Tudo é culpa do FHC: o Dilúvio, o superfaturamento da Arca de Noé, o incêndio de Roma, a crucificação de Cristo pela imprensa golpista, a peste negra, a gripe espanhola, a aids, o ebola... É tudo culpa do peessedebista tucano neoliberal!

O Brasil está na beirola de uma guerra civil. Num ato de solidariedade às maracutaias na Petrobras, o PT (Partido da Tranca) promoveu uma manifestação na ABI (Açociassão Brazilera de Inguinorantes). Enquanto os petistas comemoravam mais uma queda nas ações da Petrobras, na rua o pau comia feio. E o pau só comeu graças à ação do Fome Zero e de outras políticas sociais de combate à inanição. Militantes do sexo feminino usavam suas Bolsas Família para agredir os manifestantes reacionários neoliberais de direita que são contra o petróleo. Mas quem mais apanhou foi o ministro Joaquim Levy, que, assim como o orçamento que ele propôs, acabou cheio de cortes.

Enquanto a pancadaria comia solta, Luísque Inácio Lula da Silva fazia mais um de seus discursos chavistas. Para defender a Petrobras, o ex-atual presidente em exercício ameaçou colocar o exército do João Pedro Stédile na rua. Mas que armas tem esse Exército do MST? Só se forem a foice e a picareta. Principalmente picareta. Pensando bem, eles até que têm um canhão: a presidenta Dilma Mocreff.

Em visita às ruínas da cidade de Pompeia, a presidenta Dilma Roskoff constatou que a destruição de seu governo foi muito maior que a devastação causada pelo vulcão neoliberal Vesúvio.

Agamenon Mendes Pedreira é neoliberal de esquerda.
27/2/2015

WALKING DILMA

Como diria o profeta (não me pergunte qual): "Nada como uma Dilma após a outra". A presidente mal assumiu seu mandato e já se transformou num cadáver político ambulante que se arrasta espalhando o terror em Brasília. A primeira presidenta-zumbi do país vaga pelas ruas da Capital Federal em busca de cérebros humanos. O pior é que, hoje em dia, é muito pequena a chance de alguém encontrar algum cérebro em Brasília.

A administração Dilma Roskoff sempre foi marcada pelo medo e pelo terror. Não é à toa que o vice da presidenta é o Michel Temer, que já estrelou vários filmes de horror no papel de vampiro e mordomo. Sem falar dos horripilantes Desgraça Foster e Cerveró, que participaram do *thriller* de horror *Eu Sei o Que Vocês Fizeram no Governo Passado*. Infelizmente, a bilheteria milionária desse filme foi roubada pra fazer caixa 2 na campanha do PT (Partido da Tranca).

Desesperados, os políticos que estão na lista do Janot se trancaram em casa, abastecidos de víveres, água mineral, calmantes tarja preta e propinas, sem os quais eles não conseguem sobreviver. O clima no Distrito Federal é de pavor relativo e pânico moderado. Nesse ambiente de terror político insuportável, a procura por garotas de programa e advogados está batendo todos os recordes. Nessas horas críticas, os políticos procuram essas duas categorias profissionais pra conseguir um *habeas corpus*.

Renan Canalheiros e Eduardo Pulha formaram uma milícia de oposição que sai pela noite dando tiros nos zumbis dos ministérios. Mesmo bem armados, é uma tarefa dura: são mais de 40 ministérios! Exterminar todas essas criaturas nojentas, asquerosas, viscosas e gosmentas, indicadas pela base aliada, é uma tarefa quase impossível!

O futuro do Brasil está nas mãos do juiz Teori Xavascky. Eu admiro Xavascky! Eu acompanho Xavascky. Eu aplaudo Xavascky! Eu beijo Xavascky! Perguntem só pra Isaura, a minha patroa, que não me deixa mentir. Só a Dilma, que, segundo as más línguas, também gosta de Xavascky.

A primeira presidenta-zumbi do país vaga pelas ruas da Capital Federal em busca de cérebros humanos. O pior é que, hoje em dia, é muito pequena a chance de alguém encontrar algum cérebro em Brasília.

Agamenon Mendes Pedreira é presidente da Nação Zumbi.
5/3/2015

OU VAIA OU RACHA!

Neste domingão, o brasileiro coxinha da elite branca golpista e reacionária vai voltar às ruas para protestar contra o governo da presidenta Dilma Youssef. Para melhorar a imagem do governo, Dilma chegou a emagrecer 13 quilos, mas não adiantou nada, porque na CPIZZA da Petrobras surgiu um novo X-9: Dedo Barusco, antigo Diretor de Sistemas, que era responsável pelo roubo sistemático na PTbras. Para não ser preso, Dedo Barusco decidiu praticar a felação premiada no juiz Sérgio Moro e devolveu 300 milhões que ele tinha depositado na Suíça. 300 milhões de reais! Com esse dinheiro dava pra comprar a bancada toda do PP, do PDT, a Guiné Equatorial e a Beija-Flor!

Enquanto cidadão honrado e desonesto, também irei protestar veementemente contra as negociatas do PT (Partido da Trolha) no domingo. Essa turma da pesada que se meteu em aventuras muito loucas precisa se tocar de que o brasileiro não aguenta mais tanta roubalheira e tanta maracutaia! Principalmente sem ter sido convidado pra nenhuma delas.

Por incrível que pareça, os caras-pintadas do passado hoje estão na lista do Janot, como é o caso do senador Lindberg PCV Farias. A PF descobriu que o ex-delator de abastecimento da Petrobras Paulo Rouberto Gosta abastecia regularmente a conta bancária de Lindberg. Lindinho resolveu botar a culpa na mídia golpista, que, em vez de criticar o governo, deveria publicar notícias positivas, como o tamanho do pênis médio do brasileiro: 9 cm em estado de recessão e 13 cm em estado de inflação. Perto do nosso PIB encolhido, até que está de bom tamanho.

Até a Isaura, a minha patroa, criatura alienada e apolítica, já me avisou que vai participar ativamente (e passivamente) das manifestações. Sempre insatisfeita e insaciável, me garantiu que vai estar presente na manifestação batendo panela. Como todo mundo sabe, panela velha é que faz manifestação boa.

Do jeito que o desemprego está aumentando, em breve
o brasileiro não vai pra rua só no domingo, não.
Vai na segunda, na terça, na quarta, na quinta...

Pau de selfie que nasce torto morre torto.
KID BENGALA

Agamenon Mendes Pedreira é desempregado profissional.
12/3/2015

DILMA: A PATROA EDUCADORA

A educação no Brasil para ser uma bosta ainda tem que melhorar muito. Pra piorar o baixo nível, as nossas otoridades insistem em dar um péssimo exemplo ao nosso povo analfabeto. Veja o caso do ex-governador do Ceará, Cid Verte, que foi ao Congresso, xingou o presidente da Câmara Eduardo Pulha, chamou os deputados de picaretas achacadores e depois renunciou ao cargo de ministro da Falta de Educação. O esquentado irmão do nervosinho Ciro Gomes disse que não vai mais ficar no governo ENEM f#☠⚡endo. Por falar em ENEM, o governo tinha que obrigar os 39 ministros a fazerem a prova pra ver se entre as otaridades existe algum analfabeto funcionário, quer dizer, analfabeto funcional.

E tem mais: que papo racista é esse de elite branca? Tem algum negro no ministério da Dilma? A única coisa que está preta ou afrodescendente é a situação do governo, segundo a mais recente pesquisa do DataTrolha. E esse papo de coxinha, então? É melhor ser coxinha do que pastel!

Agamenon Mendes Pedreira é coxinha com catupiry.
19/3/2015

NEGATIVANDO E ANDANDO

A vida de um jornalista picareta e mau caráter é muito dura, difícil e cheia de dificuldades. O que me alivia é que tudo sempre pode piorar! Então, eis que, ao pegar um pedaço de jornal velho para embrulhar um peixe que roubei na feira, deparei com uma notícia estarrecedora: o meu nome, Agamenon Mendes Pedreira, e o da minha patroa, a Isaura, constam da lista dos brasileiros que têm conta secreta no HSBC da Suíça, o famoso escândalo do SwissLeaks. O pior de tudo é que a minha conta estava ZERADA! Como é que pode? Até na minha conta secreta na Suíça entrei no cheque especial? A conta da minha patroa, a Isaura, também consta estar sem fundos. Isso é um absurdo! Se tem uma coisa que a Isaura tem, e muito, são seus fundos. Fundos esses que, aliás, neste meu momento de desemprego crônico, foram bem utilizados e ainda colocam o feijão na mesa aqui de casa.

A lista dos brasileiros com conta secreta no HSBC da Suíça parece até um exemplar da revista *Caras*. Só tem ricos e famosos, todos tentando dar uma volta no Imposto de Renda. Desta vez parece que todo mundo vai para o Castelo de *Caras* na Suíça para entrar em depressão.

Por isso mesmo, estou lançando a campanha filantrópica Agamenon Esperança. Para não ficar negativado na minha conta secreta, solicito aos meus 17 leitores e meio (não se esqueça do anão) a fazer um generoso depósito, em dólar, na minha conta secreta na Suíça (AGA1706--ZURICHBANK-GENEBRA). E é bom fazer isso logo, porque o dólar não para de subir!

O meu banco na Suíça, injuriado com a falta de grana na minha cinta, ameaçou colocar o meu nome no SPC e na SERASA.

26/3/2015

RAPA FORA, DILMA!

Enquanto desempregado crônico, obrigado pelo destino cruel a exercer a humilhante profissão de blogueiro, vou aproveitar mais um Domingão da Manifestação para ir às ruas. Mesmo porque depois de minha última demissão eu já fui pra rua há muito tempo! Curtindo o maior miserê, eu e Isaura, a minha patroa, fomos obrigados a estacionar a nossa residência, o Dodge Dart 73 enferrujado, na Rua da Amargura, fundos, onde estamos vivendo de favor. Aliás, se não fosse a minha cara-metade, a esta altura eu já estaria na fila do Fome Zero, do Bolsa Família, do *Caldeirão do Hulk*, do *Esquenta* e de outros programas sociais que passam na televisão. Adepta fervorosa da terceirização, Isaura, a minha patroa, também resolveu flexibilizar suas relações trabalhistas e, assim, consegue sempre ganhar um por fora, mesmo que o por fora seja por dentro.

Indignado com o governo, a inflação, o desemprego e a minha cornitude, vou pintar a minha cara enrugada e protestar junto ao eleitorado reacionário coxinha neoliberal que não aceita que o Brasil seja governado por uma presidenta *cross-dresser* de esquerda. Segundo a oposição, o Brasil está virando uma Venezuela. Caracas! E o que é pior: os pessimistas acham que a Venezuela já virou o Brasil.

Eu sou contra o *impeachment* da Dilma! *Impeachment* é muito pouco pra essa mocreia! Siga o meu raciocínio: a presidenta-gerenta em apenas quatro anos aumentou a inflação, diminuiu o PIB, fez o dólar subir, faliu o setor energético e quebrou a Petrobras. Será que a Dilma é uma agente neoliberal infiltrada no PT para destruir a maior empresa nacionalista do país? Nem mesmo o Roberto Campos imaginou que isso um dia iria acontecer. Além do mais, nem precisa mais tirar a Dilma, gente. Defensora da terceirização, Fudilma Roussef resolveu entregar a presidência de vez pro PMDB (Partido do Me Dei Bem). Dilma Roskoff, a Mandonna brasileira, agora não manda mais p#%☠orra nenhuma. Agora quem está mandando no país é o Renan Canalheiros, o Eduardo Pulha e o Michel Tremer. O Temer vai acumular a falta do que fazer na Vice-Presidência não fazendo nada na Articulação Política. Pensando bem, o Michel Temer pelo menos está acostumado a apavorar as pessoas. Até porque já foi protagonista de muitos filmes de terror no papel de mordomo ou vampiro.

Agamenon Mendes Pedreira é jornalista de terceirizada.
9/4/2015

PT, FRAUDAÇÕES!

O PT (Partido da Tranca) acaba de ter mais um de seus tesoureiros presos. Depois do mensaleiro Derroubio Soares, chegou a vez do roubalheiro João Vaggari Neto. Como praticamente toda a "diretoria" do partido está encarcerada, o presidente Rui Desfalcão está pensando em nomear o chefe do PCC, Marcola, como novo tesoureiro do PT (Papuda dos Trabalhadores). Mas é pouco provável que um facínora comum como Marcola aceite trabalhar com a perigosa bandidagem partidária. Agora é que eu entendi por que tem tanto sindicalista no PT: todos são filiados ao Sindicato do Crime. O ex-atual presidente em exercício, Luísque Inácio Lula da Silva, apesar de achar a prisão do tesoureiro a maior carceragem, disse que é solidário ao companheiro apenado e também vai entrar em cana. Direto! Onde é que está a Anvisa, que ainda não fechou e lacrou o PT por não cumprir com as mínimas exigências sanitárias?

Pelo menos essa onda de prisões tem algo de bom: de olho no futuro, os dirigentes petistas finalmente resolveram dar um tapa nas penitenciárias brasileiras. Milhares de celas estão sendo reformadas para hospedar a nova população de apenados do PT. Ar-condicionado, hidromassagem, frigobar, sauna, internet e TV a cabo vão equipar os cárceres destinados a abrigar os futuros condenados. A presidente Dilma Roskoff, inclusive, já lançou o programa social Minha Cela Minha Vida para beneficiar a população petisto-carcerária que não para de crescer.

E, como não poderia deixar de ser, as empreiteiras Queiroz Ladrão e Odecheque estão disputando uma concorrência superfaturada para realizar esse programa assistencialista milionário. Quem também está na jogada é a Petrobras, líder mundial em negociatas profundas, que foi contratada para furar uns buracos que vão facilitar a evasão de divisas e petistas da cadeia.

O juiz Sérgio Moro vai passar o próximo feriadão pescando corruptos no PT porque sabe que ali tem peixe grande.

Agamenon Mendes Pedreira é afundador do PT.
16/4/2015

NO FUNDO DO POÇO

Como todos os meus 17 seguidores e meio (não se esqueça do anão) estão cansados de não saber, a PTbras deu um prejuízo de 21 bilhões! 21 bilhões! Nem mesmo Isaura, a minha patroa, conseguiu dar um preju tão grande. E olha que a minha cara (e bota cara nisso) metade era uma mulher gastadeira e consumista que deixava o meu cartão de crédito mais afiado que a peixeira de Lampião, o Rei do Cagaço. Mas isso é coisa do passado. Hoje vivendo de favor na Rua da Amargura, fundos, casada com um desempregado crônico, que é obrigado a exercer a humilhante profissão de blogueiro, Isaura se transformou noutra pessoa. Ao contrário do Eike Batista, que abriu vários buracos e não achou nada, Isaura, a minha patroa, vem lucrando com os seus e, graças a Deus, colocando comida na mesa lá de casa.

A Petrobras, líder mundial em negociatas profundas, finalmente está no fundo do poço. Mas como o dinheiro da estatal foi todo roubado, a Petrobras não vai conseguir tirar o petróleo lá do fundo. Ainda segundo Isaura, a minha patroa, a Petrobras se parece comigo na cama: não consegue dar uma dentro. Depois da compra superfaturada das refinarias de Passagrana e Abreu Lama, a estatal finalmente conseguiu realizar o sonho de Getúlio Vargas: o Brasil é autossuficiente em roubalheira!

E é por isso que eu pergunto, cheio de malícia: tem culpa quem? Lula diz que a culpa não é dele: sempre preferiu o álcool à gasolina. Então a culpa só pode ser da presidenta-gerenta Dilma Roskoff, que foi ministra da Energia Social durante o governo de Luísque Inácio Lula da Silva.

Quem está contente com tudo isso é e Petlochina (a Petrobras chinesa). Os chineses estatais, que vão explorar o pré-sal, estão felizes em ajudar a presidenta Dilma Mocreff, mesmo porque todo mundo sabe que chinês se amarra num dragão. A situação da PTbras atinge a todos nós, cidadãos brasileiros honestos que sonegam imposto de renda. Por causa da minha pressão alta (e da minha conta bancária baixa), meu médico me mandou maneirar no pré-sal na hora das refeições.

Desesperados com a falta de grana, eu e a Isaura, a minha patroa, fizemos um poço nos fundos lá de casa. E já vamos logo avisando: se a gente encontrar alguma coisa, o petróleo é nosso!

Os políticos brasileiros deveriam seguir o exemplo do grande Tancredo Neves e morrer.

Agamenon Mendes Pedreira
24/4/2015

#VAIAPRARUA!

A presidenta Dilma Roskoff ganhou a eleição. Ganhou, mas não levou. Dilma Mocreff deveria seguir o exemplo da Laerta, o(a) primeiro(a) cartunista(o) *cross-dresser* do(a) país: criar coragem, sair do armário e assumir. Dilma Mocreff não conseguiu assumir que é presidenta até hoje. A outrora poderosa (poderosa com PH) Dilmandona, coitada, não manda mais p#@*orra nenhuma. Na economia quem manda é o Joaquim Levey. E no Congresso quem dá as cartas é a dupla político-criminal Renan Canalhares e Eduardo Pulha. A Dilma não faz nada! Bom, pensando bem, é melhor assim...

Além de passar os dias coçando o saco até fazer ferida, Dilma também está prisioneira no Alvorada. A presidenta-gerenta deve estar sentindo na pele o que seus companheiros de PT (Partido da Tranca) sentiram na prisão da Papuda. Dilma não pode mais ir a lugar nenhum porque tem medo de tomar uma vaia ou dar de cara com um panelaço. Por falar em panelaço, não se esqueça: panela velha é que faz manifestação boa! A presidenta-gerenta, acuada como um tatu na toca, não pode mais ir ao cinema, ao teatro, não pode ir nem mesmo a um salão de beleza fazer uma depilação com contorno e virilha!

Além de ser vaiada em público, a presidenta também está sendo vaiada na vida privada. Outro dia mesmo, Dilma foi ao banheiro e, na hora de dar a descarga, foi vaiada pelo seu próprio cocô, que, aliás, integra a base aliada do governo. Dilma não pode mais ir a nenhuma cerimônia, nem inaugurar nenhuma obra superfaturada, que logo aparece uma galera da elite branca coxinha neoliberal vaiando sua "administração"! Até no PT (Partido Trambiqueiro) Dilma está sendo duramente criticada pelo ex-presidente Luísque Inácio Lula da Silva, que já está em campanha para a presidência e vai ser o candidato da oposição em 2018. Lula é contra a terceirização do governo para o PMDB e vai lutar para que o Congresso não acabe com os direitos trabalhistas. Principalmente o direito de roubar.

O ex-presidente do Uruguai José Mujica do Caixão revelou que Lula lhe disse que sabia tudo sobre o Mensalão. Indignado, Luísque Inácio disse que Mujica devia estar doidão, mesmo porque a maconha no Uruguai foi liberada.

No Brasil, a máquina do Estado é uma Magnum 45.
JAIR BOÇALNAURO

Agamenon Mendes Pedreira é jornalista ligado ao Fome Zero.
12/5/2015

A FIFA SE FONDUE!

Depois do Mensalão e do Petrolão, agora surge um novo escândalo: o Fifalão. Os comentaristas acham que sabem tudo de futebol, mas quem entende mesmo de jogada são os cartolas da FIFA (Falcatruas Internacionais de Futebolistas Arrogantes). Numa espécie de Operação Lava Jato futebolística, a polícia suíça e o FBI prenderam vários dirigentes de futebol metidos na maior roubalheira. Mas não era uma maracutaiazinha qualquer, não, era uma roubalheira no padrão FIFA! O mundo está mesmo virado. Já não se pode mais roubar sossegado! Nem mesmo na Suíça, um país neutro, os abelhudos da polícia deixam os salafrários trabalhar em paz! A Suíça, país dos cucos, dos chocolates, das vacas leiteiras e das contas secretas, virou uma esculhambação. Como é que se interrompe um congresso internacional de negociatas de alto nível?

Entre os presos está o ex-presidente da CBF (Confederação Bandalheira de Futebol), o ancião José Maria Dindim, que começou sua carreira criminal ao lado do faraó João Havelhange, responsável pelo superfaturamento na construção das pirâmides do Egito Antigo para a Copa do Egito Antigo, o Egitão.

Mas parece que o FBI está atrás de outros cartolas brasileiros como João Dafalange e Enricado Teixeira. João Dafalange é a glória do esporte nacional. Além de presidente de honra do PCC – Primeiro Comando da Cartolagem –, foi campeão olímpico de assalto triplo qualificado. Seu ex-genro e comparsa, Enricado Teixeira, está escondido em Miami num lugar chamado Boca Ratón.

Onde estavam os rigorosos juízes de futebol que não viram a posição irregular dos cartolas? Não era caso de cartão de crédito vermelho? Na verdade, a FIFA só se interessa por uma coisa no futebol: as boladas. A sede da FIFA fica na Suíça porque os cartolas são pessoas muito sentimentais e querem ficar sempre pertinho do dinheiro. Se essa roubalheira internacional aconteceu com os dirigentes titulares, imagine os que ficaram no banco! Banco de Zurique, é claro.

Aconselhado por Luísque Inácio Lula da Silva, o presidente da CAFIFA Joseph Blatter declarou em entrevista coletiva que não sabia de nada e que apoia as investigações, doa a quem doar. Irritado com uma pergunta impertinente de um repórter, Blatter mandou o jornalista se Qatar. Na primeira classe.

O Brasil é uma terra abençoada, onde se pode praticar tranquilamente o lulopédio. O lulopédio é igual ao ludopédio, só que com mais roubalheira. Graças a Deus o Brasil não tem vulcão, terremoto, maremoto nem FBI. O mais inacreditável nisso tudo é que no Fifalão não tem ninguém do PT e nenhum empreiteiro envolvido... por enquanto.

Depois de tantas jogadas, os milionários cartolas da FIFA acabaram indo em cana.

O futebol é uma caixa-forte de surpresas.
NENÉM PRANCHA

28/5/2015

BLA-BLA-BLATTER

Por conta do escândalo do Fifalão, o outrora todo-phoderoso presidente da FIFA (Federação Internacional de Falcatruas Anônimas) renunciou ao seu cargo, mesmo tendo sido reeleito. Eu acho que a presidenta Dilma Roskoff deveria seguir o exemplo de Joseph Roublatter e pedir pra sair. A corrupção na CAFIFA e suas afiliadas (entre elas a nossa CBF, Confederação Bandalheira de Futebol) é coisa antiga. A roubalheira começou no reinado de João Havelhange, o decano cartola que introduziu a cavadinha na corrupção e criou milhares de foderações futebolísticas em lugares como Samoa, Timor Leste e Uzbequistão. Nesses remotos e obscuros paisecos ninguém joga bola, mas, em compensação, rouba que é uma beleza.

Eu deveria ter ouvido a minha querida mãezinha, que sempre me dizia que eu tinha que ser dirigente de futebol. E a velha tinha toda a razão: se, em vez de jornalista, eu fosse cartola, hoje estaria milionário e preso. Quem também está pela bola 7 é o francês Jérôme Valcke, aquele que disse antes da Copa que o Brasil tinha que levar "um chute no traseiro". O traseiro de Valcke agora é que corre o risco de levar não só um chute, mas algo bem mais doloroso!

Agora será realizada uma nova eleição na FIFA, e já começou a corrida para a presidência da entidade fute-roubolística. Um dos candidatos é o jogador português Figo, que disse que está maduro para o cargo. Quem também está no páreo é o Platini e até o nosso craque Zico, o Galeto de Quintino. Mas quem está pensando seriamente em se candidatar é o ex--presidente em exercício Luísque Inácio Lula da Silva. Lula está com o maior medo de não ganhar a eleição de 2018 por causa do catastrófico governo da Dilma e quer ser presidente da FIFA mesmo sem falar inglês, francês e português. Além disso, Lula sempre sonhou em morar na Suíça, onde vai poder ficar perto do dinheiro roubado pelos seus companheiros do PT e torcer pelo seu Corinthians de Zurique, o Zuricão.

Agamenon Mendes Pedreira, desempregado crônico, continua no maior miserê e teve que vender seu par de chifres num leilão para ter o que comer.

Agamenon Mendes Pedreira é jornalista de fim de semana.
3/6/2015

PENALIDADE PENAL

Meus 17 seguidores e meio, através das redes antissociais, me pedem para entrar de cabeça ereta no debate sobre a redução da maioridade penal para 16 anos. Principalmente o anão, meu seguidor e meio, que voltou ao time dos meus minguados leitores, agora que a última temporada de *Game of Thrones* acabou.

Na verdade, este debate de m⚡☠#erda não serve para p#@⚡orra nenhuma. Desculpe pelas expressões vulgares, chulas e de baixo calão, mas é que, desde que me tornei um desempregado crônico, minha paciência, assim como o meu dinheiro, se esgotaram... Voltando à Dilma fria: o que precisa urgentemente ser instituído no Brasil é a penalidade penal. No Brasil, com desonrosas exceções, só vai preso quem corta árvore ou não paga pensão pra ex-mulher. Até mesmo a galera do PT (Papuda dos Trabalhadores) já foi quase toda solta e hoje goza de prisão domiciliar – e o que é mais importante: prestando consultorias.

Uma coisa que o PT (Partido Trambiqueiro) fez muito bem desde que se encastelou no poder é prestar consultorias. O Palocci, por exemplo, ganhou 35 milhões de reais por suas consultorias! Como é que pode uma parada dessas? Em sua defesa, o ex-ministro explicou os serviços prestados. Por ser médico, Palocci recebeu vários empreiteiros no seu consultório, examinou suas carteiras e emitiu atestados de saúde financeira pra todo mundo. E o ex-detento Josef Dirceu, que recebeu 40 milhões por consultorias feitas no período que pagava uma etapa na cadeia? Será que ele estava dando consultoria para os seus colegas de penitenciária? Deve ser por isso que o Chico Buraque está fazendo campanha pela redução penal do Zé Dirceu. Isso ninguém fala!

O que deveria estar na boca do povo é um problema muito maior, quer dizer, muito menor, e que aflige milhões de brasileiros, presos ou não: a redução da maioridade peniana. Segundo o IBGE, para um pênis ser considerado dimaior, é preciso ter pelo menos 18 cm de idade. Como eu não alcancei essa marca, sou considerado dimenor, principalmente por Isaura, a minha insatisfeita patroa. E olha que ela conhece a fundo o Estatuto do Menor, o Estatuto do Médio e o Estatuto do Comprido. Por isso mesmo estou pleiteando junto ao SUS, Serviço Urinário de Saúde, uma viagem à África do Sul, onde se realizam com sucesso transplantes de pênis masculinos. O problema é que, por ser na África, vai ser difícil arrumar um pênis grande da minha cor.

Agamenon Mendes Pedreira já está na África do Sul para realizar a sua sonhada cirurgia de transplante peniano. E recebeu a visita de muitos afrorresidentes se oferecendo para doar uma parte de suas anatomias.

Agamenon Mendes Pedreira é idoso infrator.
18/6/2015

VOLUME BROCHA

Assim como o Lula, a Dilma e o PT, eu também cheguei ao meu volume morto. É do que a Isaura, a minha patroa, não se cansa de me acusar diariamente. A insaciável criatura não consegue entender que o Brasil está em crise, vivemos uma época de Dilmas magras. Além do mais, com a inflação e o desemprego galopantes, os negócios se retraem e encolhem, principalmente o meu próprio negócio, que nunca foi tão grande assim.

E quem resolveu sair da toca foi o ex-presidente em exercício Luísque Inácio Lula da Silva, que, num encontro com religiosos, desandou a falar mal do PT, da Dilma e da novela *Babilônia*. Numa de suas típicas manifestações de diarreia verbal, Luís Picaretácio Lula da Silva acusou o seu partido, o PT (Papuda dos Trabalhadores), de só pensar em cargos e eleição. Em seguida, Lula distribuiu vários santinhos com o *slogan* da sua campanha para presidente em 2018: "Lula – A Volta dos Que Não Foram!". Aliás, santinho, não, porque na campanha do Lula não tem nenhum santo.

Lula também reclamou do garçom, disse que seu copo de cachaça estava no volume morto e que ele queria mais uma dose. Uma dose do seu governo. Lula fez questão de atacar ferozmente a sua merdeira, quer dizer, herdeira política, a presidenta Dilma Roskoff. Logo a Dilma, que foi inventada pelo próprio Lula, que, assim como o Dr. Frankenstein, deu vida a uma criatura que apavora a população e espalha o terror no Brasil. Bem fez esse rapaz sertanejo, o Cristiano Ronaldo, que morreu antes de ver a merda que isso aqui vai ficar...

As burrices que a presidenta Dilma Roskoff vive falando continuam bombando na internet. Desta vez, a presidenta resolveu puxar o saco da mandioca. E eu que achava que a Dilma não apreciava esse avantajado tubérculo de duplo sentido.

Agamenon Mendes Pedreira é volume morto da imprensa brasileira.
25/6/2015

DILMA SAPIENS

Com essa crise braba, o brasileiro médio (mais ou menos 12 cm) não tem motivos pra rir. Só uma coisa está provocando gargalhadas e trazendo um pouco de alegria pro povão: as burrices da presidente Dilma Roskoff. Tal e qual um Seu Creysson de esquerda, a stand-up-presidenta já pode ser considerada uma das maiores comediantes do Brasil. Maior que a Regina Casé e a Fabiana Carla. Todo dia a Dilma só abre a boca pra dizer besteira. Ô presidenta difícil!

Na semana passada, Dilma Mocreff saiu do armário do Palácio da Alvorada e revelou pra todo mundo que era fã da mandioca. Como todos sabem, a famosa planta de duplo sentido foi introduzida na cozinha pelos índios brasileiros (com trocadilho, por favor). Engraçada essa súbita paixão da presidenta Dilmandioca Roussef. Eu sempre achei que não é dessa fruta que ela gosta. Mesmo porque a mandioca não é fruta – é um tubérculo.

Para aumentar o rol de coisas sem pé nem cabeça que sempre fala de improviso, Dilma, no mesmo discurso, resolveu homenagear a *Mulher sapiens*. Dilma disse que se o *Homem sapiens* existiu mesmo, a *Mulher sapiens* existiu também. Senão como é que ia nascer o *Bebê sapiens*? Mas não se deixe enganar: de burra a Dilma não tem nada. Burro é quem votou nela.

Enquanto isso a popularidade da presidenta-tubércula não para de cair. E não há silicone capaz de empinar a popularidade da Dilma. Pra despistar a mídia golpista, Dilma resolveu fazer uma visita aos EUA e tirar uma casquinha do Barack Obama, que está por cima da carne-seca. Sem mandioca. Obama levou a Dilma para conhecer o monumento a Martin Luther King. A presidenta, que gosta de meter o bedelho em tudo, disse que o monumento estava errado porque Martin Luther King era negro, e a estátua, branca.

Ao lado de Obama, Dilma Roskoff se comprometeu a zerar o desmatamento ilegal na Amazônia até 2030. Em compensação, a devastação do cofre da Petrobras continua, porque, segundo a presidenta, foram doações legais de campanha. Para encerrar a viagem, Dilma ainda foi até a Califórnia, onde deu uma volta no carro do Google, que não precisa de motorista. A presidenta não achou nada de mais, afinal, há muito tempo o Brasil não tem ninguém na direção. Em seguida, Dilma fez questão de ir a São Francisco. Na Castro Street, Dilma depositou uma coroa de mandiocas no Monumento ao Gay Desconhecido, onde arde a Pira Sagrada. E como arde...

A presidenta Dilma Roskoff protestou contra o "pula-pirata!" que o jogador Jara, do Chile, aplicou no uruguaio Cavani. Dilma é totalmente contra a dedação premiada.

Agamenon Mendes Pedreira é *Jornalista sapiens.*

2/7/2015

PERDEU, PLAYBOY!

O senador Fernando Cólon de Mello é a mais nova vítima da Operação Lava Rato. Os agentes da Polícia Federal invadiram a Casa da Dilma, quer dizer, a Casa da Dinda e passaram o rodo. O ex-presidente impichado é um exemplo do sucesso dos programas sociais dos governos do PT. Quando era presidente, Collor de Millus tinha apenas um Fiat Elba e hoje é um feliz proprietário de vários carrões de luxo, graças ao Minha Ferrari Minha Vida, Meu Primeiro Porsche e ao programa Lamborghini para Todos.

Cólon de Mello sempre foi um sujeito polêmico: quem não odeia, detesta. O político das Alagoas foi, na sua época, uma espécie de Dilma. Prometeu uma coisa na campanha e, depois, quando venceu a eleição, fez justamente o contrário. De temperamento violento, Cólon exerceu a presidência com golpes de caratê. Existem muitas lendas urbanas sobre Collor, o único presidente brasileiro que tem sobrenome em inglês. Muitos diziam que ele praticava rituais de magia negra nos subterrâneos da Casa da Dilda, quer dizer, da Dinda. Também se comentava à boca pequena que Cólon utilizava supositórios de cocaína. E todo mundo sabe que supositório vicia. Não vejo nenhum problema em político usar drogas: o problema é colocar as drogas no ministério ou na diretoria da Petrobras.

Eu não entendo esse estado de Alagoas. Produziu grandes brasileiros como o Teotônio Vilela, o Graciliano Ramos e o Djavan. Mas, em compensação, deu à luz o Collor, o Renan Calheiros e o PC Farias. Collor de Mello é um homem invejoso e ressentido. Na verdade, existe uma explicação de fundo psicológico para essa roubalheira toda. Aliás, mais de fundo que psicológico. Ao ver as maracutaias do PT, Collor, num surto psicótico, começou a ter delírios persecutórios, complexo de inferioridade e acabou se sentindo humilhado, já que as roubalheiras do seu governo são fichinha perto do Mensalão e do Petrolão.

15/7/2015

NO BURACO DA MOCREIA

Como diria o Boris Casoy: "Isto é uma vergonha!". Enquanto cidadão, estou cada vez mais indignado com a corrupção no Brasil. E o que mais me revolta é que nem um mísero centavo dessas roubalheiras todas pingou na minha mão! Mensalão, Petrolão, Dilmão e agora pintou um novo escândalo: o Eletrolão. No Brasil tudo é "ão": peitão, bundão, corrupção. Como todo mundo sabe, "ão" é uma rima pobre, mas quando o sujeito participa de uma maracutaia fica rico.

Todos os meus 17 leitores e meio (não se esqueça do anão) estão cansados de ler que a corrupção é o principal *business* do país, a única atividade em que o Brasil ainda é campeão e líder isolado. Depois do 7 x 1 pra Alemanha, o único esporte capaz de atrair a atenção dos brasileiros é a roubalheira. Deveria existir um canal de tevê a cabo, o CorrupTV – o Canal Roubalhão, dedicado ao assunto. Tem que ser um canal pago. Pago pelas empreiteiras, é claro. E tinha que ter também a RouboNews, pra transmitir ao vivo e em cores os malfeitos que surgem todo dia no Executivo, no Legislativo e no Judiciário.

E tem mais! A presidenta Dilma Roskoff precisa urgentemente tirar dinheiro dos corruptos ricos e deixar, pela primeira vez neste país, os pobres roubarem também. Para que isso aconteça, a presidenta-gerenta tem que criar os programas sociais Bolsa Propina, Minha Primeira Negociata e Roubalheira para Todos. E o PT (Partido da Tranca) tem que deixar de ser guloso e liberar umas maracutaias, uns pixulecos pros partidos que não fazem parte da base criminal.

A verdade é que vivemos uma época de Dilmas magras... A única boa notícia que a presidenta tem para dar ao povo brasileiro é: aproveita agora que depois vai piorar! O miserê que toma conta do Brasil está tão feio que a Dilma deveria tirar o Joaquim Levy e colocar no lugar o fotógrafo Sebastião Salgado, que também é economista. O PIB ia continuar uma bosta, mas pelo menos o Brasil ia ficar bem na foto.

A presidenta Dilma Roskoff, para tirar o Brasil do buraco que ela mesma cavou, resolveu criar o propinoduto Brasil-Bolívia, mais uma obra do PAC (Programa de Aceleração da Corrupção).

Agamenon Mendes Pedreira é jornalista autocorrompido.
30/7/2015

A DIETA DA DILMA

A presidenta Dilma Mocreff, cansada de se olhar no espelho do Alvorada, resolveu fazer uma dieta rigorosa, uma espécie de ajuste fiscal no seu peso. Em menos de seis meses, Dilmagra Roussef perdeu mais de 90% da popularidade! Isso só acontece com quem realmente se esforça, se dedica e tem muita força de vontade. Essa dieta da Dilma é barra-pesada, baseada em pepinos e abacaxis que a presidenta tem que descascar todo dia. E o que é pior: a Dilma não pode comer a sua tão querida mandioca de jeito nenhum, porque, como todo mundo sabe, mandioca, um tubérculo de duplo sentido, engorda as mulheres. Dilma fechou a boca para comer, mas, infelizmente, não fechou a boca para falar besteira.

A presidenta sedentária resolveu virar presidenta em exercício e começou a andar de bicicleta todo dia. E depois ela ainda tem a cara de pau de dizer que não deu nenhuma pedalada. Ora, como é que alguém consegue andar de bicicleta sem dar pedalada? Eu acho que a ciclista Dilma deveria urgentemente colocar rodinhas em seu governo, senão ela vai acabar caindo.

Dilma Emagreff, que já foi a Mãe do PAC, se transformou na Musa do Fome Zero. Chupada e sequinha, a presidenta, na verdade, foi a primeira a dar o exemplo diante dos tempos bicudos que se aproximam. Para pagar a conta do Mensalão, do Petrolão e do Dilmão, o brasileiro vai ter que apertar o cinto, o que não vai ser nenhum problema, por conta do desemprego e do preço dos alimentos.

O desequilíbrio alimentar do governo já vem de longa data. Os petistas, desde que chegaram ao poder, se mostraram vorazes, gulosos e insaciáveis. Toda noite acordam para assaltar a geladeira e os cofres públicos. Não necessariamente nessa ordem. Gordos, adiposos e sedentários, os petistas correm o sério risco de sofrer um infarto. Não pelo estilo de vida que levam, mas pelo medo de serem presos pela Polícia Federal e terem que aguentar a boia da cadeia.

A presidenta também já mandou importar mais de 10.000 nutricionistas cubanos para ensinar os brasileiros a passar fome.

Quem tem Cunha tem medo.
PROVÉRBIO IMPOPULAR

Agamenon Mendes Pedreira é jornalista ético e esquelético.
23/7/2015

Visite e conheça estes e outros lançamentos

www.matrixeditora.com.br

A história da minha vida

Plantar uma árvore, ter um filho e... escrever um livro. Dizem que essas são três coisas importantes para se fazer na vida. Para ajudar você nessa grande obra é que existe esta outra obra aqui. Através de pequenos exemplos você é convidado a parar, pensar e escrever. Um livro para guardar e/ou compartilhar. Mas, acima de tudo, para ser um marco nessa importante vida que é a sua.

Clássicos de mim mesmo

O humor é característica marcante de Carlos Castelo. Presença diária imperdível com seus textos divertidos na internet, jornais e blogs, ele agora preparou este divertido livro de crônicas. Uma obra para rir com o cérebro, com a boca, com o corpo inteiro. Porque ele sabe ser inteligente, instigador e provocador. Como todo bom texto de humor precisa ser. Boas risadas.

Tô indo para a França

Este é um livro perfeito para você que gosta de viajar. Misto de guia e diário de viagem, mostra como conhecer a França, com ênfase em Paris, usando muito bem o seu dinheiro, para ver o que o país tem de melhor e fazer uma viagem com muito mais segurança. Para isso, o autor fez um planejamento minucioso. O resultado é uma obra rica em detalhes e descrições, com a relação dos custos diários, um dos pontos que mais costumam preocupar o turista. Prepare a leitura e as malas.

Meditação

Este livro serve para todas as pessoas que imaginam ter dificuldade em meditar porque é focado em ensinar formas de como conseguir meditar e inserir a meditação em sua vida! Ele vai inspirar você a se iniciar, continuar e se aprimorar nessa prática milenar. São 50 perguntas e respostas baseadas na experiência de eventos que o autor conduz, como palestras, cursos e retiros, onde a meditação é o tópico central ou faz parte da programação. Além disso, traz ainda cinco técnicas simples para iniciantes ou praticantes.

MATRIX